毒の矢

横溝正史

角川文庫
23153

目次

毒の矢

一

拝啓。
あなたの奥さんは同性愛のたわむれにふけっています。相手はアメリカがえりの的場奈津子夫人です。そんなことしていてよろしいのでしょうか。
黄金の矢
三芳新造様

金田一耕助もいままでずいぶん、脅迫状や密告状、あるいは他人を中傷するような、いかがわしい手紙をみてきたが、黄金の矢という署名入りのこの手紙ほど、つよく興味をひかれた文章はまれだった。

金田一耕助は念入りに、この密告状をしらべてみる。それはどこにでも売っていそうな、ありふれた、粗悪な便箋《びんせん》のうえに、新聞や雑誌から切りぬいたらしい印刷文字が、大小とりまぜくねくねと、不規則にはりあわせてあるのである。

封筒の表をみると、

世田谷区緑ヶ丘町三〇七番地

三芳新造様

と、これも筆跡をくらますためにちがいない、定規でひいたような正確さで、一画一画書いてある。差出人の名前はむろんなかったが、消印をみると緑ヶ丘郵便局となっているから、同じ町にすむ人間のしわざにちがいない。封筒もありふれた粗悪な品で、このほうからも手がかりはえられそうにない。

金田一耕助は雀の巣のようなもじゃもじゃ頭をかきまわしながら、まゆをひそめて二度三度、この奇怪な密告状を読みかえしたが、やがてごくりと生《なま》つばをのみこむと、眼をあげて、そこににこにこ笑っている三芳夫妻をみくらべた。

ピアニストの三芳欣造氏は、純白の襟《えり》と袖口《そでぐち》に、細い黒のラインの入ったセーターを着て、ふかぶかといすのなかに身をしずめ、マドロスパイプをくわえている。初老の小《こ》鬢《びん》に、ちかごろようやく白いものが目立ってきたが、血色もよく、眼じりにしわをたたえた肉づきのよい温顔は、まだ十分精力的であることを示している。この良人《おっと》と、二十ちかくも年のちがう恭子夫人は、にやにやといたずらっぽい眼つきで金田一耕助の顔色をうかがっている。

金田一耕助はこのふたりが結ばれたときの、はなばなしい話題をぼんやりと頭脳のなかに思いうかべていたが、急にこいつ臭いぞという眼つきになって、

「三芳さん、これ、ど、どういうんです。いたずらにしても……、いや、いたずらにきまってますが、それにしても……」

と、そこで金田一耕助は、わざと底意地の悪そうな会釈《えしゃく》を恭子にむけて、

「こちらの奥さん、こういう同性愛の嗜好《しこう》がおありなんですか」

「いやあな金田一先生」

と、恭子夫人はあでやかなまなざしで、金田一耕助をにらむようなまねをして、

「先生にも似合わないじゃありませんか。もっと注意ぶかくその手紙をお読みあそばせ」

意味ありげな夫人のことばに、

「えっ!」

と、金田一耕助はもういちど手紙に眼を落としたが、かくべつ読みちがえたところがあるとは思えない。主人にたいしてその夫人の、ゆがんだ不貞行為を密告してきた投書としか思えないのである。

「いや、失礼しました、金田一先生」

金田一耕助の不思議そうな顔色をみると、三芳欣造氏は温顔に微笑をたたえながら、やおらいすのなかから身を起こした。

「その密告状をもういちどよくごらんください。ほら、そのあて名を。……」

欣造氏の注意をうけて、便箋のあて名に眼をやった金田一耕助は、思わずあっと眼をみはった。

いま眼の前にいるピアニストは、三芳欣造という名前だのに、その便箋のあて名は三芳新造になっている。金田一耕助はあわてて封筒のあて名をみたが、定規でひいたような正確さで、これまた三芳新造様と書いたあて名の、しかし、新という字だけが草書流で、欣とまちがえられそうな字になっている。

「あ、こ、これは……」

金田一耕助のあきれたような顔色を、三芳欣造氏はにこにこ見ながら、

「お気づきですか。そのあて名、三芳新造となってるでしょう。ところで、ぼくの名は欣造ですね。それに番地もその手紙は三〇七番地となってるが、このうちはあなたもご存じのとおり、二〇五番でしょう。ところが番地も似てるし、名前も一字ちがいのところから、よくまちがえて配達されるんですよ」

金田一耕助は思わず眼をみはって息をのんだ。

「そ、それじゃこちらとはべつに、この町の三〇七番地に、三芳新造という人物が住んでるんですか」

「そうなんですの。金田一先生」

と、恭子夫人も身をのりだした。さっきのいたずらっぽい微笑は消えて、なにかしらうすら寒そうに肩をすくめている。

「むこうさまはなにをなさるかたかよく存じあげないんですけれど。うちの主人、名前が売れてるでしょう。それに古くからここに住んでおりますし、配達される郵便物のか

ずも多うございますから、よく三〇七番地の三芳さんあての手紙が、まちがってこちらへ配達されるんですの」

「それに気がつかずに、御主人が開封されたというわけですね」

「そうなんですの。ほら、この新という字、ちょっと欣という字とまぎらわしゅうございましょう。それに……あなた、あなたから申し上げて」

「ああ、そう。それにね、金田一先生、もうひとつ、わたしが早まってこの手紙を開封したというのは、前にも同じような手紙を、たびたび受け取ったことがあるのでしてね。ほら、これ」

と、三芳欣造氏がとりだしたのは、いま金田一耕助の前にある封筒と、すっかり同じ紙質の封筒で、

世田谷区緑ケ丘町二〇五番地
三芳欣造様

と、このほうははっきりと欣造様になっているが、それらの文字が前とおなじく、定規でひいたような正確さで、一画一画ていねいに書いてある。郵便局の消印も緑ケ丘局になっていた。

「なかを拝見してもよろしいんですか」

「ええ、どうぞ」

なかの便箋も前とおなじ紙質で、これまた、新聞か雑誌を切りぬいたとおぼしい印刷

文字をはりつけて、つぎのような文章がつづってあった。

> 拝啓。
> あなたの奥さんは別れた前の御主人佐伯達人氏と、いまもってちょくちょく密会しています。そんなことしてよろしいのでしょうか。ちょっと御注意申し上げます。
> 黄金の矢
> 三芳欣造様

金田一耕助はどきっとしたようなまなざしで、三芳夫妻をみくらべる。三芳欣造氏はさすがに照れたように、にやにや笑いをうかべながら、すっぱすっぱとマドロスパイプをふかしている。恭子夫人のうなだれた白い首が、ほんのり赤くそまっていた。

金田一耕助は息をのんで、

「それじゃ、この黄金の矢という人物は、あちこちへ、こういう中傷的な密告状を出しているわけですね」

「それなんですがね、金田一先生」

と、三芳欣造氏はいくらかけわしい顔色になって、

「わたしと恭子と佐伯君のことは、あの当時新聞にデカデカと書き立てられ、いわば世

間周知の事実ですから、いまさらこんな手紙がきたところで、どうのこうのということとはないわけです。佐伯君とわれわれは、その後も友人としてつきあってるんですし、げんに佐伯君がここへきたとき、この手紙のことを話して、世の中にはおせっかいなやつもあればあるもんだと、笑い話にしたくらいですから、べつに気にもとめていないんですが……」

「でもねえ、先生」

と、恭子がとちゅうからひきとって、

「先生は佐伯……いえ、あのひとの気性もあたしの気性も、それから主人の性格もよくご存じですから、このようなことも平気でいえるんですけれど、そうでないかたがこんなことをおききになると、どうお思いになるかと思って。……」

と、女だけに恭子はさすがにくやしそうである。

恭子はいまは亡き三芳欣造氏の先夫人にして、おなじくピアニストだった三芳兼子の愛弟子《まなでし》だったが、数年前、三芳夫妻の媒酌《ばいしゃく》で、声楽家の佐伯達人氏と結婚した。

この結婚はたいへん成功のようにみえて、そのじつ不成功におわった。若いふたりの芸術家は、たがいに個性が強すぎた。先生の三芳夫妻のように、おたがいの個性を尊重して、譲歩しあうことをしらなかった。

それに佐伯達人の生活があまりだらしなさすぎたし、また、女出入りも多かった。潔癖な家庭にそだった恭子には、それががまんできなかった。そこでふたりは話しあいのすえ、別居生活をはじめたが、そのうちに、兼子夫人がとつぜん交通事故で死亡した。

こうして主婦をうしなった三芳家の家庭へ、恭子がなにかと手伝いに出入りをしているうちに、欣造氏とのあいだに恋愛が芽生えたのである。そこで欣造氏と佐伯達人、恭子と三人話しあいのすえ、恭子は正式に佐伯とわかれ、欣造氏のもとへ走ったのだが、このことは当時新聞に、デカデカと書き立てられたので、世間周知の事実だった。

金田一耕助はそれより前に、欣造氏の友人にあたる芸術家を、ある事件の渦中より救ったことがあり、それ以来、欣造氏とも昵懇《じっこん》のあいだがらになっており、したがって、佐伯達人とのいきさつも、よくのみこんでいるのである。

「恭子はこういう気性だから、こんなくだらん中傷なんか、べつに気にもとめんだろうと思ったんだが、やはり女だね、くやしがってねえ」

「だって、あんまりしつこいんですもの」

「しつこいって……？　するとたびたびこういう手紙がくるんですか」

「そうなんですよ、金田一先生」

と、欣造氏は吐きすてるように、

「破りすてても、破りすてても、あとからあとからよこすんだ。これでもか、これでもかといわぬばかりに。……それでこっちもうるさくもあるし、いくらか薄気味悪くもなってきたもんだから、警察へとどけて出たんだ。そしたら、おどろきましたな」

「おどろいたとは……？」

「いや、被害者はわれわればかりじゃないんですな。ほかにもずいぶんあるらしい。警察へとどけて出たぶんだけでも五、六件はあるらしい。だから、このぶんだと外聞《がいぶん》をはばかって、泣き寝入りをしてる被害者が相当あるんじゃないかって、捜査主任もいってましたがね」

「うちなんか、世間さまご承知のことですし、それに主人に理解がございますからよろしいんですけれど、これがもとで、家庭争議が起こってるおうちもあるんじゃないかって、そんな気もするんですのよ」

恭子夫人は真剣な顔色だった。

「それで、金品を要求してくるようなことは……？」

金田一耕助の質問に、欣造氏は恭子夫人をふりかえった。

「恭子、あの手紙を……」

「はい」

と、恭子夫人は紙ばさみのあいだから、また一通の手紙をとりだしながら、

「あんまりくやしいものだから、あたしみんな破ってすてようと思ったんですけれど、主人が一通は後日の証拠にとっておけというものですから」

と、恭子夫人がさしだしたのは、他の二通の密告状と同様の封筒のうえに、
世田谷区緑ケ丘町二〇五番地
三芳恭子様

と、これまた定規でひいたように正確に、一画一画書いてあり、例によって差出人の名前はなく、消印は緑ヶ丘郵便局となっている。

「なかを拝見してもよろしいでしょうね」

「はあ、どうぞ」

なかみはあいかわらず、ありふれた便箋のうえに、切りぬいた印刷文字のはりあわせで、つぎのような文章がつづってあった。


拝啓。

最後にもう一度要求いたします。この手紙を見しだい現金で一万円、緑ヶ丘神社の拝殿の背後にある、大欅《おおけやき》の根元に埋めておきなさい。金は一週間のうちにとりにいきます。

もし、この要求をいれなければ、あなたと佐伯達人氏の関係を御主人に密告いたします。

黄金の矢

三芳恭子様

金田一耕助はかるいため息をついて、

「なるほど、こういう手紙がたびたびきたんですね」

「ええ、これが三回目でしたわね。最初のも第二回目のも主人にみせたんですが、主人が問題にしないものですから、そのまま破ってしまったんですの。するとまたこの手紙がきたでしょう。ここに最後に……と、いう文字がございますので、主人もなにかの証拠にとっておこう、そして、しばらく様子をみていよう……と、いっておりますうちに、主人あてにそのような手紙がくるようになったわけなんですの」

「こういう手紙は何回きたんですか」

「やっぱり三回でしたね。最初のと第二回目のは破ってすてたんですが、あんまりしつこいものだから、これだけはとっておいて、警察へとどけたというわけです」

「しかし、妙ですね。金をゆすりそこなって、ご主人に秘密を暴露《ばくろ》するのが目的なら、一回きりでよさそうなもんですがね。あまりたびたび手紙を投函するということは、当人にとってかなり危険なわけですからね」

と、いってから金田一耕助は思いついたように、

「いや、それとも一回きりじゃ奥さんが、かくしてしまうかもしれないと思ったのかもしれませんね」

「いや、ところがねえ、金田一さん」

と、三芳欣造氏はテーブルのうえに身をのりだして、

「捜査主任の話によると、この手紙のぬしの目的が、はたして金品強請《ごうせい》にあるのかどうかわからんというんですね」

「ほほう！」

と、金田一耕助は眼をまるくして、

「それはどういう……？」

「それはこうです」

と、三芳欣造氏はマドロスパイプをつめかえながら、ゆっくりとした口調で、

「ちょうどわたしと同じようなケースがふたつあったそうです。それがどこのどなたただか、そこまでは警察でも申しませんでしたが、やはり奥さんあてに脅迫状がきたんですね。ところが、黄金の矢の指摘している奥さんの秘密なるものが、夫婦間ではすでに秘密でもなんでもなくなっていた。そこで奥さんが御主人にその手紙をみせ、御主人が警察へとどけて出たんですね。そこで警察でこころみに、要求しただけの金額を、要求した場所へかくしておいて、ひそかに見張りをつづけていたんですが、二度とも、一週間たっても、十日たってもとりにこず、しかも、脅迫状のほうはあいかわらずやってくるんだそうです」

「なるほど、それは妙ですね」

「だから警察側の意見では、これはある種のマニヤではないか。ひとを中傷し、他人の家庭の平和を破壊することに、一種異様なよろこびをおぼえるという、精神異常者のしわざじゃないかというんですがね」

「金田一先生」

と、恭子夫人は息をのんで、

「もしそうだとすると、いっそう気味が悪いような気がするんですの。そんなひとが同じこの町に住んでるかと思うと……」

恭子夫人がおびえたように肩をすくめるのも無理はない。

金品の要求だけならば……それとても非常に悪質な犯罪だが、しかし、それならば世間に類のない事件とはいえぬ。ところがもしこれが世間ありきたりの脅迫事件とみせかけておいて、そのじつ、毒矢のごとく他人の古傷をあばき、他人の家庭の平和を破壊するのが目的としたら、それこそ、世にも異様なゆがんだ悪質犯罪といわねばならぬ。

金田一耕助はなにかしら、まがまがしい妖雲が、この郊外の落ち着いた住宅街のうえに、おおいかぶさっているような感じにうたれずにはいられなかった。

二

三芳家の応接室にはガスストーブがほのかな音を立てている。

ふっさりと重いカーテンの垂れた応接室の窓の外には、青い芝生があたたかそうな早春の陽を吸って、芝生をとりまく花壇には、咲きみだれた八重水仙が、黄色いマスをつくっている。チューリップやヒヤシンスが、小指ほどの芽を出しかけていた。応接室からななめにみえる日本座敷の縁側には、みごとなペルシャ猫がぬくぬくと香箱《こうばこ》をつくっている。

すべてが平和な郊外の、ゆたかであたたかそうな住宅のたたずまいなのだが、それにもかかわらず金田一耕助は、なにかしら、首筋をなでる冷たいものを感じずにはいられなかった。

三芳欣造氏はしきりにマドロスパイプの煙をふかし、恭子夫人はひざのうえにとりあげた、編物の針をうごかしている。金田一耕助はそそけだったような顔をして、このまがまがしい三通の手紙をみていたが、

「さて……」

と、いって、ごくりとのどぼとけをうごかすと、

「この、まちがってお宅へ配達された手紙のことですが……」

と、金田一耕助のことばに欣造氏は顔をしかめて、

「いや、そのことですがね。じつはわたしも弱ってるんです。いつもこちらへまちがって配達されると、すぐ女中をやって三〇七番地の三芳氏のところへとどけてあげるんですが、こんどの場合、ついうっかりして開封してしまった。開封してなかを読んでからまちがいだと気がついたが、内容が内容だから、とどけてよいものかどうか迷ってしまって、それであなたにきていただいたというわけです」

金田一耕助は無言のまま、もういちど同性愛うんぬんのまがまがしい文章を読むと、不愉快そうにまゆをひそめて、

「いったい、この三芳新造というのはどういうひとですか」

「さあ、どういうひとって、恭子、おまえなにかしってる？」

「いいえ、あたしも詳しいことは……なんでも絵をお描きになるかただそうですが……いちどお手紙のことで宅へお礼にいらしたことがございますし、その後もちょくちょく道でお目にかかって、おじぎぐらいはいたしますが……」

「いくつくらいの人物ですか」

「そうですねえ」

と、恭子夫人は編物の手をやすめて、

「五十前後ではないでしょうか。小鬢にちらほら白いものがみえる、物静かな、お上品で、落ち着いたお人柄とおみうけいたしました。画家というより、どちらかというと学者といった感じの……」

「奥さんというのをご存じありませんか」

「いいえ、奥さんのほうならちょくちょく、的場さんの奥さまのところでお目にかかりますけれど……」

同性愛うんぬんのことを思い出したのか、恭子夫人はちょっとほおをあからめた。

金田一耕助はまゆをつりあげて、

「的場さんの奥さんというのは、この手紙にあるアメリカがえりの的場奈津子夫人のことですか」

「ええ、そう」

「それじゃ、奥さんは的場夫人というのと御懇意なんですか」

「はあ」

と、恭子夫人はまた編物に眼を落として、

「的場さんのお嬢さん……御養女とかうけたまわっておりますが、そのかたがうちへお稽古《けいこ》にいらっしゃるもんですから……」

「恭子のピアノの弟子なんですよ」

と、そばから欣造氏がことばをそえた。

「はあ、それにうちの和子さんが星子さんの同情者で、……星子さんというのが的場さんのお嬢さんなんですね。……それでよく、的場さんのところへあそびにあがるもんですから。……」

和子というのは欣造氏と先妻兼子夫人とのあいだにうまれたひとり娘である。

「同情者というと……？」

「ああ、それはこうなんです」

と、欣造氏がひきとって、

「その星子さん、……われわれはみんなボンちゃんと呼んでるんですが、そのボンちゃんというのが気の毒な娘《こ》で、ことし十六になるんですが、小児マヒかなんかで両脚が不自由なんですね。それで学校へもいかず、うちに家庭教師をやとってあるんですね。その娘が恭子にピアノを習いにくるんですが、それをうちの和子がふびんがるというわけです」

「お子さんをおあずかりしてるとはいうものの……」

と、恭子はしずかに編物の針をはたらかせながら、

「それほど御懇意な仲というのでもないのですから、あまり再々《さいさい》いっちゃいけないって、和子さんに注意するんですけれど、なにしろボンちゃんが慕うもんですから、ついかわいそうになって出向くんですのね。するとまた、的場さんの奥さまがたいそう歓待してくださるらしいので、あたしもすててはおけず、二、三度お礼にあがったことがあるというわけですの」

「そこで三芳新造氏の奥さんに、お会いになったというわけですね」

「はあ、それというのが三芳さんのお宅というのが、ちょうど的場さんのお屋敷のお隣なんですの。ですから、しょっちゅういききしていらっしゃるらしいんですのね」

「ところで、的場さんの御主人というのは、なにをなさるかたですか」

「あら！」

と、恭子夫人ははじかれたように編物から眼をあげて、良人と顔をみあわせていたが、にっこり笑って頭をさげると、

「失礼申し上げました。奥さま、奥さまと申し上げましたけれど、そのかたおひとりでいらっしゃいますの。ご主人はアメリカでお亡くなりなすったとか。……」

「それがねえ、金田一さん」

と、欣造氏もいすのなかでいずまいをなおして、

「相当財産をもってるらしいんですよ。一昨年、アメリカからかえってくると、豪勢な家を買いこんで、養女のボンちゃんとふたりで住んでるわけです。むろん、家庭教師のほかに二、三人奉公人はいますけれどね」

「なるほど」

と、金田一耕助はにっこり皓《しろ》い歯をみせて、

「すると独身で富裕な寡婦《かふ》が金と閑《ひま》にあかせて、隣家の奥さんと同性愛の遊戯にふけってるってわけですか。あっはっは」

「いやな金田一先生」

うつくしい恭子夫人のまぶたのあたりがほんのりと紅にそまる。

「いや、冗談はさておいて、その的場夫人ですがね。そのひといくつぐらいのかたですか」

「さあ、もう四十にはおなりじゃないでしょうか。でも、パッと派手な御器量のうえに、子供のように無邪気なかたですから、三十そこそこにしかみえませんけれど……」

「ほんとにあの奥さん、子供みたいなひとだな。無邪気で天真爛漫《らんまん》で……」

と、欣造氏もほのぼのとした顔色で、煙の行方をみまもっている。

「それで、三芳新造さんの奥さんというのは……」

「あのかた、きっとまだ三十まえでしょうね。とってもきれいなかた」

金田一耕助はちょっと眼をかがやかせて、

「すると、御主人とずいぶん年齢のちがう御夫婦ですね」

と、いってからしまったとばかりに、頭へ手をやった。眼の前にいる夫婦の年齢の相違を、いまさらのように思い出したからである。

「あっはっは」

と、三芳欣造氏はあかるく笑いながら、うすくほおをそめている恭子夫人のほうへ、いたずらっぽい眼をむけて、

「そんなところまで似てるもんだから、郵便屋さんがまちがえるのかもしれませんね。もっともむこうさんには子供がないようだが……」

「いや、どうも失礼しました」

と、金田一耕助はペコリと頭をさげると、

「それで、どうでしょう。奥さんがごらんになったところで、そのふたりの奥さんのあいだに、同性愛関係があるとお思いですか」

「そんなことが……」

と、恭子はつよくうち消すと、

「それはうちの和子さんの話によると、とても仲よくしていらっしゃるそうですけれど、そんなけがらわしいことが……的場さんの奥さんにしてみれば、三十年ぶりかで日本へ

かえってこられて御主人はなし、こちらにこれって身寄りはおありにならないって話ですし、三芳さんも昨年の春、こちらへ引っ越してこられたばかりで、おたがいに親しいかたがないわけですから。……」

「的場さんの奥さんて、三十年ぶりにアメリカからかえってこられたんですか」

「はあ、なんでもそんなお話でした。七つ八つのころ、御両親とごいっしょにアメリカへわたられたとか……」

「それで、御主人はアメリカでなにをしていた人でしょう」

「さあ、そこまでは存じません」

「ねえ、金田一さん」

と、欣造氏はゆったりとした調子で、

「こういう郊外の住宅地には、いろんな人物がいるわけです。ここに郊外電車がついて、緑ケ丘という町がひらけていったのは、いまから三十年ほど前のことですが、戦争前から住んでるひとなら、だいたいどういう人物かわかってるんですが、敗戦を契機として、いいひとがどんどん没落していって、家屋敷を売りはらっていったでしょう。だから、そのあとへやってきたひとたち、どういう経歴の持ち主なのか、わからないひとがたくさんいるわけです。的場夫人なんかもそのひとりで、隣はなにをするひとぞというわけですね」

そして、そういう素姓のわからぬ人物のなかに、謎《なぞ》の黄金の矢がかくれているわけである。金田一耕助はまた、どすぐろいかげろうのようなものを感じずにはいられなかった。

「それじゃ、もうすこし的場夫人と三芳新造さんの御家族のことをきかせてください。的場家には奥さんとボンちゃんというお嬢さんのほかに、どういうひとがいるんですか。さっきのお話では家庭教師がいるということでしたが……」

「はあ、三津木節子さんといって、若くて、とってもきれいなかたがボンちゃんの家庭教師兼看護婦といった地位でいらっしゃるんですね。そのほかにお種さんという女中と、別棟に爺《じい》やさん夫婦が住んでいます」

「ところがね、金田一先生」

と、欣造氏はにやにやしながら、

「その三津木節子という婦人ね、ボンちゃんの家庭教師の……そのひとに佐伯君がほれてるらしいんですよ」

欣造氏のことばに、金田一耕助はぎょっとしたように眼をみはった。

「それじゃ、佐伯君も的場家へ出入りをしてるんですか」

「はあ、あの、それはこうですの」

と、恭子夫人はまた編物に眼を落として、

「いつか緑ケ丘学園の文化祭に、佐伯さんにきていただいて、歌っていただいたことがございますの。そのとき的場さんの奥さまもいらしたもんだから、うちの和子さんが紹介してあげたんですのね。それでぜひうちへもあそびにいらしてくださいって、的場さんの奥さまが御招待なすったんですの。的場さんの奥さまって、とても愛想のいい、お客ずきのかたですし、ちょっと有名人マニヤみたいな、無邪気なところがあるかたですから。……」

「なるほど、そこで佐伯君は三津木節子さんてひとに会ったわけですね」

「そうです、そうです。だからこっちへきてもうちへ寄らずに、的場家だけ訪問してかえることがよくあるようです。たまたま和子があそびにいってばれるんですがね」

三芳欣造氏は楽しそうに笑っている。

「それというのがねえ、金田一先生、的場さんの奥さまてかたが、弓の稽古《けいこ》をしていらっしゃるんですの。佐伯さんはそれに興味をお持ちになって。……」

「弓……？」

と、話題があまりとっぴな方向に飛躍したので、金田一耕助は眼をみはって、

「弓って西洋風の弓ですか」

「いいえ、ところが純日本風の弓なんですの。健康にいいからとおっしゃって……まあ、そんなふうに無邪気なかたで、ちょっととっぴなところもあるかたなんですのね。ところが、その弓に佐伯さんが興味をお持ちになって、ちょくちょくお稽古にいらっしゃるんですわね」

「なあに、弓の稽古はつけたりさ。ありゃ三津木さんに会いにくるんだよ」

「ほっほっほ。それだってよろしいではございませんか。節子さんって、あんなにきれいでおとなしやかなかたですもの。あのかたならきっと佐伯さんとうまくいくと思うわ。そうそう、うちの和子さんが、節子さんてかたの大の崇拝者《すうはいしゃ》なんですのよ」

「なるほど」

と、金田一耕助は気になるように、同性愛うんぬんの密告状に眼をやりながら、

「それで、的場夫人にはこれという身寄りのひともないというお話でしたが、だれがその家を世話したんですか」

「ああ、そうそう、それは成城《せいじょう》ってところがございますわね。そこに八木信介さんてキリスト教の牧師さんがいらっしゃるんです。そのかた、戦前ながらくアメリカにいらして、そのじぶん的場さんの奥さまと懇意にしていらしたんですのね。ところが、戦後またアメリカへいらしたとき、的場さんの奥さまにお会いになったんですね。それで、奥さまが日本へかえってこられたのも、そのかたを頼ってこられたんですね。ですから、いまお住まいのお屋敷も、家庭教師の三津木節子さんも、みんな八木さんのお世話だとうけたまわっております。あたしもいちど的場さんのお宅で、八木さんというかたにお目にかかったことがございますが、的場さんの奥さま、とてもそのかたを頼りにしていらっしゃるようですわね」

「なるほど、それでまだそのほかに的場家へ、したしく出入りをするひとは……？　御用聞きやなんかはべつとして……」

「はあ、ほかには緑ケ丘病院の若い先生で、沢村さんてかたが一週間に二回、星子さんを診察にいらっしゃいます」

「ところがね、金田一先生」

と、三芳欣造氏はいすからのりだし、パイプを片手ににやにやしながら、

「その沢村って若い医者がくる日にかぎって、うちの和子がボンちゃんを見舞いにいくんだ。ソワソワとね。あっはっは」

「まあ、あなた、そんなことと。……」

と、恭子夫人はほんのりまぶたをそめながら、かるく良人をたしなめる。

欣造氏はのんきそうに笑いながら、

「いいじゃないか。なかなか好青年だ」

と、楽しそうにいすのなかにふんぞりかえって、たばこの煙をふかしていたが、急に体を起こすと真顔になって、

「つまりね、金田一先生、いま的場では二組のロマンスが発展しつつあるんだ。それだけにこの黄金の矢の密告状が気にかかるというわけなんです」

「なるほど」

と、金田一耕助は悚然《しょうぜん》としたような顔をして考えこんでいたが、

「それじゃ、こんどは三芳新造さんというひとのことをきかせてください。奥さんというのはなんという名前ですか」

「悦子さんとおっしゃるようです」

「お子さんはないとおっしゃいましたね」

「はあ、おふたりきりで女中さんもいないようです。小さな家でひっそりとお住まいのようですわね。御主人、土いじりがお好きとみえて、せまいお庭ながらも、いつもきれいに花壇をつくっていらっしゃいますわね」

その夫婦なんかも敗戦を契機として、この町へわりこんできた素姓のしれぬひとたちの部類にぞくするのだろう。

金田一耕助はもういちど、あの同性愛うんぬんの文句を頭のなかでくりかえしてみて、なんともしれぬいやらしい、いかの墨のようにドスぐろい想いが、腹の底からこみあげてくるのをおさえることができなかった。

三

それから間もなく三通の密告状をあずかって、三芳欣造氏の邸宅を辞去した金田一耕助は、緑ケ丘警察へよるつもりだったが、そのまえにふと思いついて、的場家というのをのぞいてみることにした。

この緑ケ丘という町は、緑ケ丘学園を中心として発展した町で、町の成立に計画性があり、道路なども整然と碁盤目《ごばんめ》についており、主要道路の両側に、葉を落としたプラタナスの並木が、ずらりと並んでいるのも気持ちがよかった。郊外の町としては路はばもひろく、舗装《ほそう》もよくいきとどいていた。

　時刻はちょうど三時半、学校のひけどきとみえて、緑ケ丘学園の生徒が三々五々、プラタナスの並木のしたを歩いている。この緑ケ丘学園というのは、幼稚園から大学まで包含する、一大総合学園で、三芳欣造氏の長女和子も、この大学へかよっている。

　金田一耕助はひょっとすると、和子に会いはしないかと、年ごろのお嬢さんを物色したが、それらしい姿にも出会わず、恭子夫人におしえられた道へまがった。

　この緑ケ丘という町は戦前東京都内でも、多額納税部落としてしられていたというだけあって、大富豪はいないまでも、かなり豪奢《ごうしゃ》な家がならんでいる。それらの家はそれぞれ建築主の好みにしたがって、おもいおもいに数寄《すき》をこらして、ちょっと建築見本の感じである。しかし、これらの家を建てたひとびとは、あらかた没落していって、いまでは新しい持ち主が入っている。表札をみていくと、外国人の名前がちょくちょくあった。

　つげの垣根の曲線のみごとなお屋敷……と、恭子夫人におしえられたのを目印に、早春の陽ざしを肌《はだ》にたのしみながら、金田一耕助がぶらぶら歩いていくと、むこうからバケツをぶらさげた男がやってくるのに出会った。すれちがいざま、なにげなくバケツのなかをのぞいてみると、馬糞《ばふん》に小さな花壇用のシャベルが入っている。

　金田一耕助がはっとして顔をみなおすと、小鬢にほのじろいものがみえる、いかにも学者ふうの感じの男だが、その表情にはどこか虚脱したようなところがあった。

たびたび手紙をまちがえて配達される、三芳新造とはこのひとではないかと、それとなくうしろすがたをみおくっていると、すぐそばにある小さな平家の門をくぐった。門をくぐるとき、男はちょっと妙な表情をして、くちゃくちゃに形のくずれたお釜帽《かまぼう》に、古びた二重回しという、金田一耕助のすがたをふりかえったが、すぐになかからがたぴしと、風雨にすすけた戸をとざした。門の柱をみると、はたして三芳新造という名刺がはってあり、根のあがった杉垣のあいだから、せまいながらも手入れのよくいきとどいた花壇がみえる。

そこが三芳新造の家とすると、的場家はその隣になるはずである。なるほど大谷石のひくい崖《がけ》のうえに土盛りをして、そのうえにぎっちり植えたつげの繁みが、おわんを立ててならべたような、すばらしい曲線をみせている。それはいままでみてきた垣根のうちでも、もっともすばらしいものだった。

このつげの垣根はそれほど高くないうえに、庭がむこうからこちらへ傾斜しているので、金田一耕助のような小男でも、すこし背のびをすると垣根のなかがまるみえである。なるほど、豪勢なうちだ。二階だての洋館は、そんじょそこらの文化住宅とちがって、がっちりとした重量感を持っている。黒味をおびた代赭色《たいしゃいろ》の瓦《かわら》の勾配《こうばい》がうつくしく、鼠色の壁にもしっとりと落ち着いた時代のさびがついている。庭にはいちめんに芝生をしきつめ、その芝生のまわりに花壇をふちとりにめぐらせてある。

この芝生のむこうに日当たりのいい南むきのベランダがあって、そのベランダのうえにふたりの人物のすがたがみえる。ひとりは十五、六の少女で、毛布をひざにまいて籐《とう》いすによりかかっており、その籐いすのうしろに二十五、六の婦人が立っている。

的場夫人の養女星子と、星子の家庭教師兼看護婦、三津木節子にちがいない。かなり距離があるので、こまごまとした器量まではわからないが、節子のほうはすらりとすがたのよい、スマートな婦人だとはうなずけた。グリーンのスカートに赤い毛糸のセーターがよく似合う。

ふたりはこちらのほうをみながら、おりおり節子が籐いすに顔をよせ、なにやらやさしくささやいている。その態度には愛情があふれているようだ。星子のようすにはなにかしら、緊張した期待のいろがうかがわれる。

それにしても、ふたりはいったいなにをみているのだろうかと、金田一耕助が背のびをしたとき、とつぜん、つげの垣根のすぐむこうで、ブーンと風を切るような音がしたかと思うと、スポンという音がして、つづいて、

「おお、ワンダフル！」

という、ふかいひびきのある男の声と、

「あっはっは」

と、うれしそうな女の笑い声がきこえた。

「ママ、ママ、すてき！」

と、ベランダのうえで星子が叫んで手をたたく。節子もにこやかな微笑をうかべて拍手する。

「佐伯さん、どう？　あんたやってみない？」

「いや、ぼくはもうよしましょう。それより、ママ、お茶が入ったようですよ。いただきましょう」

男と女の声がきこえて、まもなくつげの垣根のすぐむこうがわから、ふたりのうしろ姿が金田一耕助の視野のなかにあらわれた。

的場夫人は男のようにズボンをはき、白いセーターの左手は手甲《てっこう》のようなものをはめ、右手に弓をかかえている。その夫人の腕をとって、佐伯達人がベランダへあがっていくと、女中が茶卓をしつらえはじめた。

このときになって金田一耕助ははじめて気がついたのだが、星子のすわっているいすは、ふつうの籐いすではなくて、両側に車輪がついており、ひとに押してもらえばうごくし、またじぶんの両手で車輪を回転させることによって、不自由ながらも移動することができるようになっているのである。

やがて小さな茶卓をはさんで、的場夫人と養女の星子、家庭教師の三津木節子の三人に、佐伯達人をくわえて、ささやかなティーパーティーがはじまった。

(佐伯さん、うまいことやってるな)

これに沢村青年医師と和子が加われば、役者がそろうんだがと思ったが、あいにくその日は、沢村医師の回診日ではなかったとみえ、和子のすがたもみえなかった。

金田一耕助は四人の談笑の声をあとにのこして、もときた道へひきかえしたが、隣家の前を通りすぎるとき、まばらな杉垣のあいだから、そっとなかをのぞいてみると、三芳新造が庭にしゃがんで、花壇の手入れによねんがなかった。細君の悦子のすがたはみえなかった。

四

「ああ、あの黄金の矢の件ですか」

金田一耕助の名前をしっていたとみえて、署長の橘貞之助氏はこころよくじぶんの部屋へ招じいれたが、耕助の用件をきくと、みるみる額をくもらせた。

「いや、あれにはもう弱ってるんです。表面に出た件だけでも六件あるんですが、そのほかに泣き寝入りになっているのが、相当あるんじゃないかと思うと気が気じゃない。じっさい人道問題ですからね」

と、橘署長は渋面をつくって、

「それで三芳先生のほうへなにかまた……？」

と、さぐるように耕助の顔をみる。

「いや、そういうわけじゃないんですが、きょうたまたまやってきたらその話が出たので、ぼくもちょっと興味をおぼえて、もう少し詳しい話がうかがえたらと思って……」

「ああ、そう、それじゃ係りのものを呼びましょう」

と、捜査主任の島田警部補というのを呼んでくれた。

「島田君、こちら金田一耕助先生といって、ほら、きみなんかもお名前はきいてるだろう、有名なかただ」

「はあ。……」

と、島田警部補はちょっとまゆげをつりあげると、好奇心にみちた顔色で、このもじゃもじゃ頭の、小柄で貧相な探偵さんをみていたが、

「それで、なにか……?」

と、もったいぶったようすでたずねた。

「いや、金田一先生はピアニストの三芳先生……ほら、黄金の矢の件のね、あのかたとかねてから御懇意にしていられるんだそうだが、きょうたまたま三芳家を訪問されて、あの一件を耳にされたんだね。それでこの件に興味を持たれて、もっと詳しいことをしりたいとおっしゃるんだが、きみ、ひとつ質問にこたえてあげてくれたまえ」

「承知しました。それではどういうことから申し上げればよろしいでしょうか」

ふかし饅頭《まんじゅう》のようにかわいくふとった島田警部補は、小羊のような感じのするやさしいまなざしを、微笑とともに耕助のほうへむける。

「いや、どうも御多忙中を恐縮です。それではまず第一におききしたいのは、金品をゆ

すりとったというようなことは……」

「それが妙なんですね」

と、島田警部補はずんぐりとしたひざを組みあわせて、

「どこそこへ金をいくらいくら、かくしておけという指令があるでしょう。それで、そのとおりにして見張っているんですが、いちどだってとりにきたためしがない。だから、なんのために脅迫してくるのか、とんと意味がわからんのです」

「いままでに、何度そういうことがあったんですか」

「三度こころみたんですがね。三度とも失敗でした。いずれの場合でも一週間そのままにしておけ、そのうちにとりにいくからといってくるんですが、一週間たっても、十日たってもそのままなんです。こっちはそれで困るんで、とりにきてくれないもんだから、しっぽのつかみようがない」

「それですからね、金田一先生」

と、橘署長はデスクのうえで両手を組みあわせて、

「結局、これは金品の強請が目的でなくて、他人の家庭を破壊するためにやってるとしか思えない。そうなると、いっそう非人道的な犯罪ですね」

「犯人がとりにこないというのは、こんなことを申し上げちゃ失礼だが、署内から機密がもれるというようなことは……?」

島田警部補の小羊のようにやさしいひとみが、一瞬隼《はやぶさ》のように光ったが、すぐ橘署

長と顔を見合わせてにんまり笑うと、

「いや、そのお疑いはごもっとも。最初失敗したときは、署長さんもわたしもそう思ったんです。それで二度目にうったえがあったときには、当事者のほかには署長さんとわたしとだけしかしらなかった。三度目のときもそうでした。警察側では署長さんとわたしだけしかそのことをしらない。だから、われわれもできるだけ見張りをつづけましたが、われわれの都合のわるいときは、当事者のほうでひとをやとってつづけてもらったんです。それでもやっぱり失敗なんです。一週間たっても十日たっても、だれもとりにくるものがない」

「いったい、どういうところへ金をかくしておけというんですか。三芳先生の場合は緑ケ丘神社の境内が指定してありましたが……」

「だいたい公共の場所ですね。緑ケ丘学園……これがずいぶん広い学校ですが、そのあちこち、それから神社や寺院の墓地など……」

「なるほど、それで密告状はどこから投函されてるんですか」

「それがねえ。みんな緑ケ丘局区内なんですよ。この管内にはポストが二十六ヵ所あるそうですが、それらのどれかに投函されてるんですね。と、いって、あてもないのに二十六ヵ所のポストを毎日毎日、監視しているわけにもいかず、まったく困った問題です」

島田警部補がため息をついた。

「だけど、それ、ちょっとおかしいじゃありませんか」

「おかしいとは……？」

「だって投函するのはどこだっていいわけでしょう。あて名さえ正確に書いとけばとどくわけだから。……この区内で投函するには、それだけ危険がともなうわけだから、たまには、ほかの郵便局区内のポストを利用しそうなものですがね」

「それなんですよ。金田一先生、だからここにいらっしゃる署長さんなんかもおっしゃるんだが、この黄金の矢と自称する先生、なんらかの理由で緑ケ丘をはなれられない人物、つまり遠出のできない人間……いってみれば、病人かなんかじゃないかということになってるんですがね」

「もし、目的が金品の強請じゃないとすると、犯行が多分に病的ですからな」

と、橘署長もことばをそえた。

「なるほど」

と、金田一耕助もうなずいて、

「ところで、この黄金の矢のことですがね、この町でしってるひとは……？　被害者はべつとして……」

「いや、それがね、金田一先生」

と、島田警部補は顔をしかめて、

「もう全町にしれわたっているんです。だからよるとさわるとこのうわさで、目下、全町民、戦々兢々《せんせんきょうきょう》たるありさまといってもいいすぎじゃないんです。それですから、警察はいったいなにをしてるんだと、さかんにねじこまれて、目下もう頭痛鉢巻といったていたらく、いや、困った問題です」

「金田一先生、なにかいい知恵はないですかねえ」

と、署長も青息吐息《といき》である。

「しかし、署長さん、この犯人、つかまえてみても刑法上、どうなるんでしょう。金品をゆすりとった形跡がないとすると。……」

「そんな場合には精神病院へぶちこむんですな」

と、島田警部補はにがりきった顔色で、吐きすてるようにつぶやいた。

「じっさいわれわれのしらないところで、つまり泣き寝入りになってる家庭で、どのような悲劇が起こってるかと思うと、頭の痛い問題ですわ」

橘署長はしんじつ頭が痛そうに顔をしかめた。

「なにかそういう気配がみえますか」

橘署長は島田警部補と顔見合わせたが、やがてデスクに体をのりだし、

「この黄金の矢のいたずらがはじまってから、離婚事件が数件、緑ケ丘学園を退校した男女学生が数名、よした先生が一名……はたしてこれが黄金の矢のせいかどうかは疑問としても……」

金田一耕助は無言のまま、橘署長と島田警部補の顔をみくらべていたが、またしても、腹の底からこみあげてくる、いかの墨のようなドスぐろい思いに、ゾクリと体をふるわ

せた。

「ときに、話はちがいますが……」

と、金田一耕助はぼんやり頭をかきまわしながら、

「この町の三〇八番地に的場奈津子という婦人が住んでますね。アメリカがえりの未亡人が……あれ、どういうひとですか」

「ああ、あの的場夫人……？」

と、橘署長はさぐるように金田一耕助の顔をみながらも、満面に笑みをうかべて、

「ありゃじつに愉快な女性ですな。まるで子供みたいに無邪気なひとでしてね。ちかごろ弓をやってるんですが、わたしにもやれとしきりにすすめるんです」

「御懇意なんですか」

「いや、懇意というほどじゃありませんが、われわれの仕事に理解があるというのか、よく後援してくれるんで、いちど礼にいって、あべこべにごちそうになったことがあるんです。たいして教養のありそうな婦人でもないが、天真爛漫というふうですねえ」

と、そこまでいって急に気になるようにまゆをひそめて、

「しかし、金田一先生、なにかあの婦人が……？」

「いや、べつに……あのひとアメリカでなにをしていたかご存じじゃないかと思って……」

「いや、それがちょくちょく問題になるんですがね」

と、島田警部補の小羊のようにやさしいひとみが、また隼のような光をおびて、金田一耕助の顔を凝視する。

「問題といってもべつに職務上のことではなく、つまり、まあ茶話《さわ》的にですね。いったいどうしてあのような産をなしたかって、まあ好奇心ですね」

「だれもしったひとはないんですか」

「いまのところわからないんですがね。しかし、金田一先生、なにか……?」

「いや、なに、べつに……ところでもうひとつ、的場家の隣に三芳新造というひとが住んでるでしょう」

「ああ、三芳欣造先生とよく手紙をまちがえられるひと」

「そうそう、あのひとはなにをするひとなんですか」

「画家だってことですがねえ。べつに仕事もないようすで、よくバケツをさげて馬糞ひろいにまわったり、腐葉土をとりにいったりしてるのに出会いますがね。しかし、あのひとたちがなにか……?」

金田一耕助の顔色から、なにかを読みとろうとする島田警部補の眼つきには、ありありと不安な色がうかんでいる。

「いやあ、べつにたいしたことじゃないんですが……ときに、署長さん、こちらに黄金の矢の密告状があったら、ちょっと拝見できませんか。秘密はぜったいに守りますから」

「いやあ、いいですとも。こちらへとどけてくるようなのは、もう秘密が秘密でなくなってるんですからね。島田君、持ってきてお目にかけたまえ」

島田警部補はちょっとためらいの色をみせたが、すぐ部屋を出ていって、大きなハトロン紙の封筒を持ってきた。封筒の表には『黄金の矢一件書類』と、筆太に書いてあり、なかからとりだしたのは数通の封筒である。

それらはいずれもいま金田一耕助がふところにしている、三通の密告状とおなじようなものだった。表書きは例によって、一画一画を正確に、定規でひいたように書いてあり、なかみの文句は切りぬかれた印刷文字だった。

「この字を切りぬいた新聞か雑誌が、みつかればしめたもんですがね」

「いや、署長さん、こりゃ雑誌じゃないでしょう。その用紙や活字からみて、新聞だと思うんです。だからねえ、金田一先生」

「はあ」

「そういう切りぬかれた新聞を発見しようと、やっきとなってくず屋やなんかをあさってるんですが、どうもうまくいかない。切りぬいたあとの新聞は、おそらく風呂にでもくべてしまうんでしょうねえ」

島田警部補はまたふかいため息である。橘署長はデスクのうえに身をのりだして、

「先生のお考えはどうなんです。これはやはり、さきほどわたしが申し上げたように、精神異常者の病的ないたずらなんでしょうか。それともほかにわれわれの気づかぬ動機があるんでしょうか」

橘署長はさぐるように金田一耕助の顔をみていたが、それにたいして耕助も、なんとも答えることができなかった。

これが単なるいたずらなのか、それともほかに、もっとふかい根底を持った計画的な犯罪なのか、いまの段階では金田一耕助にも、なんともこたえることができないのであった。

五

それまで単なる家庭の破壊者として、どくどくしい猛威をふるっていた黄金の矢の一件が、とつぜん、血なまぐさい殺人事件となって発展していったのは、それからちょうど一週間ほどのちのことだった。

それは早春にしては妙にほろあたたかい夜だった。金田一耕助は夕食のおわった時刻をみはからって、緑ヶ丘の三芳欣造氏を訪問した。あずかっている三通の密告状をかえしかたがた、ちょっと気のついたことを報告しようと思ったのである。

三芳家へついたのは八時ちょっと過ぎだったが、電話をかけておいたので、欣造氏は在宅して、すぐに応接室へとおされた。

「やあ、このあいだは……」

と、今夜は和服の欣造氏は、眼じりにあたたかいしわをきざんで、愛想よく金田一耕

助にいすをすすめながら、

「あれから警察へよられたそうですね」

「ええ、ちょっと。だれからおききでした」

「いや、あのつぎの日の朝、島田という警部補がやってきましてね。黄金の矢からまたなにかいってきたんじゃないかってね」

「ああ、それはそれは……それで的場夫人と三芳新造氏の奥さんとのことは、おっしゃらなかったでしょうね」

「それはもちろん。ひとさまのスキャンダルですからね。ただ、島田警部補がひどく気にしていたのは、あなた、的場夫人のことをおたずねになったそうですね。それがどういう意味だかって、つまり、的場夫人も黄金の矢の脅迫をうけているんじゃないかって、それをしきりに気にしてましたがね。むろん、わたしゃしらぬ存ぜぬで押しとおしてきました。じっさい、そのときにゃわたしまだ、的場夫人も黄金の矢の脅迫をうけてるなんてこと、夢にもしらなかったんですからね」

　意味ありげな三芳欣造氏のことばに、金田一耕助は思わず、

「え？」

　と、相手の顔をみなおした。欣造氏はふかぶかといすに体をうずめたまま、意味深長なまなざしで、金田一耕助をみまもっている。

　耕助はすこし体をのりだして、

「それじゃ、的場夫人も黄金の矢の脅迫をうけているとおっしゃるんですか」

三芳欣造氏はやおら体をおこして、テーブルのうえのたばこ入れから、巻きたばこを一本つまみあげると、

「島田警部補がやってきた日の午後のことですがね。恭子が使いに出たついでに、的場夫人のところへよってみたんですね。べつに用事はなかったんですが、やはりあのことが気になったんでしょうな。ところがあいにく夫人は留守で、ボンちゃんも三津木さんにつきそわれて、病院へいってこれも留守。それで恭子は玄関からかえろうとしたところが、門の郵便受けに郵便物が入っていた。それで、女中のお種というのが、恭子といっしょに門まできて、郵便受けから手紙をとりだしたところをみて、恭子はぎょっとしたんですね」

「それが、例の手紙だったんですね」

金田一耕助は息をのむ。

「ええ、そう、あの黄金の矢の表書き、あれにはいちじるしい特徴があるでしょう。まるで定規でひいたように、一画一画正確に書いた。……そういう手紙だったそうです。それで恭子がさりげなく、ときどきそういう手紙が、こちらの奥さんにくるのかとたずねたところ、一週間にいちどくらいのわりあいで、くるという返事だったそうです」

金田一耕助は無言のまま三芳欣造氏の顔をみまもっている。欣造氏の顔色に、まだなにかいいたげなようすを読みとったからである。

「考えてみると、しかし、こりゃ当然かもしれませんね。的場夫人のもとへ黄金の矢の手紙がとびこむのは……」

欣造氏は考えぶかい眼の色で、たばこの煙のいくさきをみつめながら、

「かりにあの同性愛うんぬんのことが事実とすれば、三芳新造さんの奥さんを脅迫するより、的場夫人を脅迫したほうが、よっぽど効果的でしょうからね。脅迫者はしぼれるところからしぼろうとするのが通例でしょうからね」

「すると、あなたは的場夫人が、黄金の矢にしぼられているのじゃないかとおっしゃるんですね」

「いや、その可能性が大いにある……と、いうことをしっていていただきたいんです。このあいだも申し上げたとおり、あのひとは子供……と、いうより赤ん坊みたいなひとです。しかも、だれひとり相談相手になる人物がいない。恭子はそれを心配するんです。だれひとり頼りになるひとのない金持ちの、しかも赤ん坊のように無邪気な寡婦。……脅迫者にとって、これほど格好の餌食《えじき》はないでしょうからね」

金田一耕助はしばらく無言のまま、まじまじと三芳欣造氏の顔をみまもっていたが、やがて相手の気をひくように、

「しかし、三芳先生、同性愛うんぬんのことで、黄金の矢が的場夫人を脅迫しているとしたら、その事実を三芳新造さんに密告するのは、いささか変だとお思いになりませんか」

「いや、その点なんですがね」

と、欣造氏も率直にうなずいて、

「恭子ともそれを話しあったんですが、ひょっとすると黄金の矢が、的場夫人を脅迫しているのはそのことではなく、アメリカ在住当時の夫人の秘密であるかもしれない。しかし、それにしても夫人のことに関して、隣人の三芳新造さんあてに、密告状を書くのはおかしい。……だが、まあ、しかし、そういうことは金田一先生の御領分だからと、恭子とも話しあったことですがね」

「ああ、そう、そのことならぼくにもちょっと考えがあるんですが、それはあとで申し上げるとして、警察でも的場夫人という女性が、どういう経歴の持ち主なのか、アメリカでなにをしていたのか、よくわかっていないらしいですね」

「八木信介という牧師以外に、だれもしってるものはないらしい」

「三津木節子という婦人が、なにかしってるかもしれない。……それはそうと、奥さんのおすがたがみえないようだが、どこかへお出かけですか」

「ああ、そのことなんですがね」

三芳欣造氏はまゆねをくもらせて、

「じつは的場夫人の御招待で、和子とふたりで出かけたんですよ。わたしにもぜひということだったんですが、あなたがいらっしゃるというお電話があったもんだから辞退したんです」

「的場夫人の家で今夜なにか……？」

「さあ、なんですか、皆さんをびっくりさせてあげますから、ぜひいらっしゃいというお電話だったそうです。いずれあちら仕込みの奇抜な趣向で、お客さんをあっといわせようというんでしょう。よくそういうことをやるひとらしいですね」

さりげない口ぶりながらも、欣造氏のまゆねからは憂色が払拭《ふっしょく》しきれなかった。金田一耕助はふっとあやしい胸騒ぎをおぼえながら、

「あなたは今夜的場家で、なにか持ちあがると……？」

「いや、いや、とんでもない！」

と、欣造氏はつよく打ち消しながらも、やはりなんだか気になるふうで、

「今夜の集まりがアメリカ流の単なる空騒ぎならいいんだが、電話に出た奥さんの口ぶりでは、びっくりさせるというのが、黄金の矢に関係があることじゃないかって、それを恭子が心配して出ていったんですが……」

「黄金の矢に……？」

「ひょっとすると、あの奥さん、黄金の矢のことについて、なにか気がついたことがおありなのかもしれないって……」

と、欣造氏はちょっと思案にしずんでいたが、すぐにっこりと眼じりにしわをきざんで微笑すると、

「いや、失礼しました。つまらん取り越し苦労はこれくらいにして、それじゃ、金田一

先生、あの密告状について、あなたのお気づきになった点をどうぞ」

「承知しました」

と、金田一耕助はふところの紙ばさみから、三通の密告状をとりだすと、

「わたしこのあいだ警察へよったとき、あそこに保管されている数通の密告状をみせてもらったんです。ところが、それらの密告状とここにあるあなたならびに奥さんあての二通とのあいだには、全部ある共通点を持っているんです」

「共通点というと……?」

「ほら、切りぬかれた印刷文字の用紙と活字の種類ですね。この紙はあきらかに新聞用の巻取紙で、活字も新聞活字です。警察に保管してあるぶんも全部そうです。ところが……」

と、金田一耕助は三芳新造あての密告状をつまみあげて、

「このぶんだけはほかのぶんとくらべると、用紙も活字もちがってるでしょう。これは新聞用紙より上質紙ですし、活字も典雅になっていますね。これはあきらかに新聞から切りぬかれたものではなく、他の印刷物……おそらく雑誌かなにかから切りぬかれたのでしょう。では、この密告状だけが、どうして他の密告状とちがっているのか……」

「なるほど、なるほど」

と、三芳欣造氏もはじめて気がついたように、三通の密告状を比較しながら、

「そうおっしゃればそうですね。しかし、どうして……?　それになにか意味が……?」

「いや、それを申し上げるまえに、もうひとつぼくの気づいたところをお話ししましょう」

と、金田一耕助はまちがって配達された、三芳新造あての封筒をさしだして、

「このあて名の住所と氏名ですね。全部活字式の楷書《かいしょ》で書いてあるでしょう。ところがこのなかの一字だけ、いちばんかんじんな新という字だけが、妙なくずしかたになっていて、欣という字と非常にまぎらわしくなっていますね」

「なるほど」

と、三芳欣造氏もちょっとおどろいたように、いすのなかから身を起こしたとき、廊下のほうで電話のベルの鳴る音がした。

「そ、それ、ど、どういう意味ですか」

「はあ、それですから……」

と、金田一耕助がいいかけたときである。

「あの、旦那さま」

と、ドアのところから女中が顔を出した。

「奥さまからお電話でございます。とても興奮してらして……」

「なに、恭子から電話……？」

不安な予感がさっと欣造氏のみけんをくもらせた。金田一耕助もぎくっとしたように息をのむ。ふたりはちょっと眼をみかわせたが、

いた。

「ああ、そう、金田一先生、ちょっとお待ちください」

欣造氏はいそいで応接室から出ていったが、やがてふたたびドアのところへすがたをあらわしたときの顔色は、まるで幽霊でもみた人間のように、瞳孔が大きくひろがっていた。

「金田一先生！」

と、欣造氏はうわずった眼できっと耕助をみすえながら、

「人殺しがあったそうです」

金田一耕助はギクッといすから腰をうかして、

「人殺し……？」

「そして……、被害者は……？」

金田一耕助はまたギョッと眼をみはり、

「的場夫人」

「加害者は……？」

「いや、それはまだわからないそうです。それで恭子のいうのに、金田一先生がいらしたら、すぐおつれしてって」

「承知しました」

「わたし、ちょっと着がえてきますから」

三芳欣造氏があたふたと出ていったあとで、金田一耕助はいったんとりだした三通の

密告状を、また紙ばさみのあいだにはさむと、それをふところにして、はや帽子をわしづかみにしていた。

六

金田一耕助と三芳欣造が的場邸へついたのは、九時ちょっと前のこと、警官たちはまだきていなかった。

恭子夫人が気をきかして、警察へ電話をするまえに、自宅へ電話をかけて、金田一耕助の出馬を要請したのである。そして、このことがのちになって物をいったのだ。

青白く興奮しきった女中のお種にむかえられて、ひろい、豪華な広間へはいっていくと、むっとするようなガスストーブの温気のなかに、八人の男女が凝結したような表情で、恐怖の群像をかたちづくっていた。

まだ十六の星子は車いすにすわったまま、一種のヒステリーを起こしているらしく、三津木節子にむかってしきりにむずかっている。眼鼻立ちのかわいい、器量のよい娘だが、どこかこわれやすいガラス細工のように、きゃしゃで脆弱《ぜいじゃく》な感じである。

家庭教師の三津木節子は星子の肩に両手をかけ、顔のそばへほおをよせ、低声でしきりにあやしている。なるほど、佐伯達人が想いをよせているというだけあって、グレーシャスな美人である。その節子のすぐうしろに、まるで騎士のような格好で、佐伯達人が立っている。長身で、色の浅黒い好男子である。

この三人からすこしはなれたソファに、恭子と和子がならんで腰をおろし、しっかり手を握りあっている。下ぶくれの、えくぼのかわいい和子は、ハンカチを眼におしあてて、しきりにしゃくりあげている。これまた一種のヒステリー状態である。この和子のすぐうしろに立っているのが沢村医師だろう。学校を出てまだ二、三年という年ごろで、背はあまりたかくないが、肉づきのいいほっぺたが、りんごのようにつやつやしているのが好もしい。

この六人の男女のほかに、ふたりの男が部屋のべつべつのすみに立っていた。ベランダへ出る大きなガラス戸のそばに立って、暗い庭へ眼をやっているのは、金田一耕助がこのあいだ出会った隣人の三芳新造氏である。今夜は瘦身《そうしん》を身だしなみよく、黒い背広につつんで、蝶《ちょう》ネクタイをきちんと結んでいるが、依然《いぜん》として虚脱感が全身に濃いのである。

さて、もうひとり、マントルピースを背にして立っている人物だが、これはひとめ服装をみればどういう職業のひとだかわかる。かたいカラーをうしろまえにつけた聖職のひと、すなわち八木信介氏であろう。年ごろは五十前後であろうが、短くかった頭髪の雪のような白さが、真黒な服装とよい対照をなしている。二十貫はこえるであろうと思われる堂々たる体軀が、三芳新造氏の瘦身とは対照的で、あたりを睥睨《へいげい》するそのするどい眼光と、精力的な風丰《ふうぼう》には、聖職のひとというよりは、どこかボス的なにおいがある。

金田一耕助と三芳欣造氏が駆けつけたとき、これら八人の男女は、たがいに腹のなかを探りあっていたが、金田一耕助のすがたをみたとたん、恭子と和子と佐伯達人の三人をのぞいた一同は、いっせいにぎっくりしたように眼をそばだてた。

「ああ、あなた、金田一先生！」

恭子夫人はうわずった眼で、良人のそばへ駆けよると、急に気がゆるんだのか、手にしたハンカチを眼におしあてて、

「あなた、たいへんよ、たいへんよ。奥さまをみてあげて……」

「ああ、わかったよ、恭子。奥さん、どちら？」

「はなれの居間よ。沢村さん、御案内して」

「承知しました」

沢村医師が和子のうしろをはなれるのをみて、

「ぼくもいこう」

と、佐伯達人も三津木節子のそばをはなれた。

「恭子、警察へ電話をかけた？」

「ええ、いま。……緑ケ丘病院の佐々木先生にも」

「ああ、そう、よく気がついたね。和子、なにも泣くことはないんだよ。さあ、ここでお母さんといっしょに待っておいで」

恭子の肩を抱くようにして、和子のそばにすわらせると、泣きじゃくっている和子の

背中をかるくたたいて、欣造氏も沢村君や佐伯達人のあとにつづいて、金田一耕助とともに廊下をいそいだ。

この家はもとさる高名な著述家が住んでいたもので、ながい廊下で母屋《おもや》とつながったはなれの書斎がついていた。この書斎の隣にせまいながらも寝室が付属しており、以前のこの家の主人は、仕事がいそがしいとき、このはなれにとじこもるのを例としていた。

的場奈津子はこのはなれを一種の隠遁所《いんとんじょ》にして、人ぎらい病にとりつかれたとき、母屋との境のドアをぴったりしめて、居間にしている昔の書斎と、隣のせまい寝室にとじこもるのを例としていた。

金田一耕助と三芳欣造氏が、佐伯達人と沢村君の案内で、このはなれの居間へやってくると、はんぶんひらいたドアのまえに、胡麻塩頭《ごましおあたま》の爺やが、おびえたような顔をして立っていた。

「爺やさん、べつにかわったことはなかったろうね」

「はあ、べつに……」

ひとがやってきたことで気がゆるんだのか、爺やはかえってガタガタとあごをふるわせる。はんぶん開いたドアのすきまから、夢を誘うような薔薇色《ばらいろ》の光が廊下に流れている。

金田一耕助と三芳欣造氏のふたりは、ドアの外に立って部屋のなかをのぞいたが、薔薇色の光線につつまれた部屋のなかの光景をひとめみたとたん、頭のてっぺんから、あつい鉄ぐしでもぶちこまれたようなはげしいショックを感じた。

部屋の中央、ふかぶかとした深紅《しんく》の絨緞《じゅうたん》のうえに、裸の女が背中をこちらにむけて倒れている。額を絨緞にくっつけるようにしているので、こちらから顔は見えなかったが、両手の爪をふかぶかと、絨緞の繊維のなかに突っ立てて、上半身が蛇のうねりのような曲線をみせている。

ただし、腰のあたりから脚の爪先まで、ピンク色の毛布にすっぽりつつまれているので、それがはたして全裸の女なのかどうかはわからなかった。

だが、金田一耕助や三芳欣造氏をおどろかせたのは、そこに下半身毛布におおわれた、裸の女が倒れている。……と、ただ、それだけのことではなかった。

こちらをむいた肉づきのいい女の背中には、トランプちらしの刺青《いれずみ》が、色鮮やかにうきあがっているのである。トランプの数は十数枚、赤く、青く、本物のトランプそっくりに刺青されているが、そのトランプの一枚に、ぐさりとのぶかく、まがまがしいかたす羽根の矢が突っ立っているのである。

「あれが的場夫人なんですね」

ドアの外に立ったまま、金田一耕助は沢村医師をふりかえった。

「ええ、そうです、そうです」

沢村君はしきりにハンカチで掌の汗をこすっている。まだ若いこの医師は、死体こそかずかずみてきたであろうが、殺人の現場に立ちあったのは、おそらくこれがはじめてなのにちがいない。

「それじゃ、だれかこの部屋へ入ってみたんですね」

「はあ、ぼくと佐伯さんと八木牧師と……ああ、そうそう、その前に三芳さん……お隣の三芳さんがいちばんはじめに、部屋のなかへ顔をみに入ったんです」

「それはどういう……?」

物問いたげな金田一耕助の視線をうけて、

「それはこうです」

と、佐伯達人がぎこちなく、のどにからまる痰《たん》をきるような音をさせた。

「お隣の三芳新造さんとボンちゃん、……星子ちゃんのふたりがこの死体の最初の発見者なんです。ボンちゃんはママさんが、背中にこんな刺青をしてるなんてこと、夢にもしらなかったらしいんで、そこに殺されてるのがだれだかわからなかった。いや、ボンちゃんにはいまだにだれだかわかっていないんです」

佐伯はそこでほっとため息をつくと、

「とにかく、そのとき、お隣の三芳さんは、ドアの外にボンちゃんを待たせて、じぶんで部屋のなかへ入り、死体がだれだかたしかめた。しかし、あのひとも心得のあるひととみえ、それをママさんだとはいわず、ボンちゃんをわれわれのところへ使いによこしたんです。われわれはあの車いすをじぶんで運転して、客間の前までかえってきたボンちゃんの口から、はなれに刺青をした女のひとが、矢で突き殺されているときいて、びっくりして駆けつけてきたというわけです」

「駆けつけてきたのはだれだれ？」

「全部です。もっともボンちゃんは女中のお種さんにまかせてきましたが……」

「部屋のなかへ入ったのは……？」

「それは男連中だけです。ぼくたちが駆けつけてきたとき、三芳さん……お隣の三芳さんがぽかんとしたような顔で、死体のそばに立っていました。ぼくたち、ぼくも沢村君も顔をみるまで、これがママさん、的場夫人だとは気がつかなかったんです。的場夫人にこんな刺青があろうとは、夢にも思いませんからね」

「八木牧師はどんなふうでした」

「あのひとはしってたんじゃないかな。ねえ、沢村君」

「はあ、ボンちゃんが客間のドアのところで、背中に刺青をしたひとが殺されてると絶叫したとき、われわれは一瞬ポカンとしていたんですが、あのひとがまっさきに、なに、刺青をした女が……と、叫んでとびだしたんです」

「あなたがた、この部屋のなかでなにも触りやしなかったでしょうね」

「いや、ぼくはちょっと脈をみました。三芳さんは隣の寝室をのぞいてみたといってましたが……ところが、金田一先生、ちょっと妙なことがあるんですよ」

「妙なことって？」

沢村君はもじもじしながら、

「これはいずれ検視の結果、もっとはっきりしたことがわかるでしょうが、死体のそばへかがみこんだとき、なにかこう、プーンと強い薬品のにおいをかいだんです。そう、エーテルのようなにおいでした」

金田一耕助は思わず大きく眼をみはって、

「そ、それじゃ被害者は、麻酔薬をかがされた形跡があるというんですか」

「そうじゃないかと思います。ねえ、佐伯さん」

「はあ、ぼくも強い薬品のにおいをかぎました。沢村君のいうようにエーテルのにおいのようでしたね」

「それからもっと妙なことがあるんですよ」

と、沢村君はソワソワしながら、

「これもあとで死体をしらべてごらんになればわかることですが、被害者ののどに大きな拇指《おやゆび》の跡がふたつ、くっきりのこっているんです」

「拇指の跡が……」

金田一耕助はまた大きく眼をみはった。

「そうです、そうです。それですから被害者は、まずエーテルをかけられて昏睡《こんすい》したところを、のどを締められ、それから矢で突かれたということになるんじゃないでしょうか。これは解剖の結果をみなければはっきりいえませんが……」

「それはまた、手数のかかる殺しかたをしたもんですな」

三芳欣造氏があきれたようにつぶやいたとき、表に自動車のとまる音がした。警察の連中が到着したのである。

七

島田警部補はいまや興奮の絶頂にある。

金田一耕助がここにいるということによって、この事件がなにかしら、黄金の矢の一件と、関連があるらしいことが想像される。

それだけでも、この静かな郊外都市の警察官を興奮させるに十分だのに、ましてやこの高名な私立探偵、いくたの難事件をその犀利《さいり》な脳細胞のはたらきによって、みごとに解決してきたこの天才の前で、殺人事件の捜査にあたるということが、なにかしら、試験台に立たされたような気持ちにさせ、いっそうかれを興奮させるのだ。

島田警部補の督励によって、まず現場写真がとられ、鑑識課員のふりまく粉末によって、豪華な調度類が真白になったそのあとで、金田一耕助ははじめて部屋のなかへ入ることを許された。

恭子は的場夫人のことを、もう四十になるのだろうが、パッと眼につく派手な器量だから、三十そこそこにしかみえないといったが、なるほど肉づきのゆたかなその肢体《したい》といい、かっきりと整った眼鼻立ちといい、豊満ということばがそのままぴったりあてはいい、まるような美人だった。

「それにしてもこのひとに、……この奥さんにこんな刺青があろうとは……」

と、島田警部補は満月のような童顔をしかめてうなった。

「アメリカ在住当時にやったんでしょうな」

「いったい、それじゃアメリカで、なにをしていたのか。……」

「そのことなら、むこうにいる八木牧師にきけばわかるだろうと思いますが、それにしてもよほど気をつけてかくしていたんでしょうね。養女の星子という娘さえ、しらなかったらしいといいますから」

「そりゃそうでしょう。こういう狭い町では、だれかひとりにしられたら、つぎからつぎへと伝えられて、当然、われわれの耳にも入るでしょうからね。それにしてもみごとな刺青だな。まるで本物みたいだ」

島田警部補は鼻をこすりつけるようにして、的場夫人の刺青をみている。

的場夫人の背中にある刺青は、非常に巧緻《こうち》にできていて、まるで本物のトランプをそのままはりつけたようにみえる。それらのトランプの刺青は背中だけにあって、胸や腕にはなかった。

こころみに金田一耕助がカードのかずをかぞえてみると、全部で十三枚あり、そのうちのハートのクイーンのうえに、ぐさりと矢が突っ立っているのである。

駆けつけてきた緑ケ丘病院の佐々木先生が、ていねいにその矢を抜きとって、死体をあおむけにさせたとき、金田一耕助と島田警部補は、思わずううむと口のなかでうめいた。

的場夫人の白いのどのあたりには、さっき沢村君もいったとおり、大きな拇指の跡がふたつ、くっきりとなまなましく、紫色の斑点《はんてん》をつくっている。

「畜生ッ、それじゃ絞め殺したあとで……」

と、そういいながら、島田警部補は腰から下をおおうている毛布を、ちょっとつまみあげたが、すぐそれをおろして顔をそむけた。

的場夫人は一糸もまとわぬ全裸のすがたで殺されているのである。腰から下を毛布でおおうたのは、さすがに犯人の情だったかもしれない。

「ところが主任さん、もっとおもしろいことがあるんですよ」

「おもしろいことって？」

「佐々木先生、沢村君や佐伯さんの証言によると、あのひとたちが駆けつけてきたとき、エーテルのような強いにおいがしたというんです。それで絞め殺される前に、麻酔をかけられたんじゃないかと。……」

「絞め殺すまえに麻酔を……？」

佐々木先生もぎっくりしたように金田一耕助をふりかえったが、すぐじぶんの鼻を被害者の鼻孔へもっていった。だが、その結果についてはなにも語らなかった。

「金田一先生、それはいったいどういう意味です。それじゃ犯人は麻酔をかけておいて絞め殺し、それから矢で突いたというんですか」

「どうもそういうことになるらしいというんです。だから、ぼくの考えるのに、麻酔だけじゃ死にませんね。そこで両手でのどを絞めたが、のどを絞めただけじゃ息を吹きかえすおそれがある。そこで矢で突き殺したというわけじゃありませんか。いささか手数がかかりすぎるが、あっはっは」

金田一耕助は部屋をよこぎって、隣の寝室をのぞいてみた。この寝室には居間へ通ずるドアのほかに、どこにも出入口はなく、窓もしまって重いカーテンが垂れている。この寝室の豪華な調度類も、いまや鑑識課の連中の手にかかって、情容赦もない粉末の洗礼を浴びているところだった。

「おい、だれかこの部屋にかくれていた形跡があるかね」

金田一耕助の背後から島田警部補が声をかけた。

「主任さん、それをいましらべているところですよ」

寝室のなかの鑑識課員がうるさそうに返事をする。

金田一耕助はまた死体のそばへかえってくると、そこに投げ出されている血にそまった矢をのぞきこんだ。どっぷりと鮮血にぬれたその矢尻は、ものすごくとぎすましてある。

「主任さん、どちらにしても犯人は、凶器としてこの矢を使用することが、既定の事実だったんですね。こうしてものすごくとぎすましてあるところをみると……」

「しかし、金田一先生、犯人はなぜ矢を使用しなければならなかったんです。凶器ならほかにいくらでも、もっと手軽なものがあるはずじゃありませんか」

「それはぼくにもわからない」

「金田一先生」

島田警部補はふいに小羊のような眼をかがやかせて、

「ひょっとすると、ハートのクイーンのうえへ矢を突っ立てておくということに、なにか重大な意味があるんじゃないでしょうか。つまり被害者のアメリカ在住時代の秘密に関連して……」

「あっはっは、なかなかロマンチックなお考えですな。しかし、そういうことも考えられないこともありませんね」

「きっとそうですよ、きっと」

と、金田一耕助がまんざら反対もしなかったので、警部補は大いに興奮して、

「だから、この殺人の動機は復讐《ふくしゅう》ですぜ。どうせこんな刺青をしてる女ですもの、アメリカでなにをやってたやら。その時代の秘密が尾をひいて、だれかが復讐にやってきたにちがいない。おや、先生、なにか……」

金田一耕助が、絨緞のうえに身をかがめて、なにやら熱心にのぞきこんでいるのをみて、島田警部補がそばへやってきた。

「主任さん、これ、パテじゃありませんかねえ」

「パテ……？」

島田警部補も絨緞のうえに身をかがめたが、なるほどそこにはガラス戸などに使うパテがひとかたまり床の絨緞にこびりついている。いままでだれも気づかなかったのは、それが絨緞とおなじ色の真赤なパテだったからである。

「パテ……パテはパテだが、真赤なパテとは妙ですな」

「ひょっとすると、重要な証拠物件になるかもしれません。とっておおきになるんですな」

金田一耕助は体を起こすと、すぐそばの壁にはめこまれている、大きな姿見にむかってもじゃもじゃ頭をかきまわした。

島田警部補は赤いパテを、後生大事に採集すると、鏡にうつっている金田一耕助の顔をさぐるようにみながら、

「ときに、金田一先生」

と、あたりをはばかる低声で、

「さあ、いってくだすってもよいでしょう。あなた、どうして今夜緑ケ丘にいられたんですか。このあいだ、的場夫人のことをたずねていらしたが、こんなことが起こると、予想していられたんですか」

金田一耕助は鏡のなかの、島田警部補の小羊のようにやさしい眼をみかえしていたが、やがてにんまりほほえむと、

「主任さん、むこうへいきましょう。ここは刑事さんたちにまかせておけばよろしいでしょう。ちょっとあなたに申し上げておきたいことがありますから」

「承知しました」

金田一耕助は廊下へ出ると、廊下の左右についているドアをかわるがわる開いてみた。右のドアは裏庭へ出られるようになっており、むこうのほうに爺や夫婦の住んでいる別棟の小家屋がみえる。それをしめて左のドアを開くと、そこから舗装した道が、客間の前のベランダまでつづいていた。刑事がそのへんをうろうろしていることはいうまでもない。

母屋へかえって客間をのぞくと、缶詰《かんづ》めにされた関係者一同が、あいかわらずこわばった表情で、恐怖の群像をつくっている。星子は三津木節子にむかって駄々をこね、和子は両親のあいだに身をおいて、ときおり思い出したようにしゃくりあげている。

金田一耕助は女中のお種にきいて、玄関わきの応接室へ島田警部補をつれこむと、用心ぶかくドアをしめ、それからふところの紙ばさみをとりだした。

島田警部補は同性愛うんぬんの密告状に眼をとおすと、いまにも眼玉がとびだしそうなほど眼をみはり、ううんとくちびるをへの字なりにまげてうなった。

「つまりお隣の三芳さんへいく手紙が、まちがっていま客間にいらっしゃる、ピアニストの三芳先生のところへ配達されたんですね。それを先生が気がつかずに開封された。開封されてからまちがいと気がつかれたが、内容が内容だから、お隣の三芳さんのところへとどけるのもどうか。……それに三芳先生もこれ以上、黄金の矢の跳梁《ちょうりょう》を許せなくなったのでしょう。そこでぼくに調査を依頼されたというわけですね」

「それで金田一先生、この同性愛うんぬんのことが、こんどの事件に関係があるとお思いですか」

「さあ、それは……だいいち同性愛うんぬんのことが事実かどうか、それからして調査するのが先決問題ですが、しかし、主任さん」

「はあ」

「的場夫人もたびたび黄金の矢の手紙を、受け取っていたことは事実らしいんですね。だから、そういうことから調査していかれたら……?」

「承知しました」

島田警部補はベルをおして刑事を呼ぶと、隣家の三芳夫人を呼んでくること、それから的場夫人の居間から、黄金の矢の手紙が発見されるかもしれないから、綿密な捜索をするようにと命じた。

八

さて、それからいよいよ島田警部補のききとりが開始されたのだが、そのききとりをそのままここに繰りかえしていては、読者諸君も煩瑣《はんさ》にたえぬ想いをされるであろうから、ここにはできるだけ簡単に、その夜の模様から死体発見にいたるまでの顚末《てんまつ》をのべておこう。

その夜、的場夫人がひどくはしゃいで、精神的に一種の昂揚《こうよう》状態だったということは、その場にいあわせた客たちの、ひとしく認めるところであった。

あまり夫人が子供のようにはしゃぎまわるので、

「奥さま、今夜はひどくうれしそうでございますわね」

と、恭子がからかうと、

「そうよ、奥さま、あたし今夜という今夜は、うれしくて、うれしくてたまらないのよ。だって皆さまを、あっとばかりにおどろかせてあげることができるんですもの」

「きょうのお電話でもそんなことをおっしゃってましたけど、いったいどんなことですの。そろそろ御披露《ごひろう》くだすってもよろしいんじゃございません？」

「いいえ。ところがそれがまだいけませんの。いまのところ真言《しんごん》秘密よ。ほっほっほ。でも、このことがわかると緑ケ丘ぜんたいが、わっと蜂の巣をつついたような騒ぎになるわね。ほっほっほ」

「あら、まあ、それでは緑ケ丘ぜんたいの問題ですの」

恭子夫人はありありと危懼《きぐ》の念を眉宇《びう》にうかべながら、それでも口もとだけはやさしくほほえんでいた。

「ええ、そうよ。だっていま緑ケ丘のひとたちを、深刻になやませている重大問題があるでしょう。つまり、あのことなのよ」

「奥さま」

と、三芳新造氏が例によって、虚脱したような物悲しげな調子で、

「緑ケ丘のひとたちを悩ませている重大問題とおっしゃると、もしやあの黄金の矢のことではありませんか」

「あらまあ」

と、的場夫人はいたずらっぽい眼で、三芳新造氏をみやりながら、

「あなたもあの黄金の矢に悩まされたことがおありですの」

「はあ。……もちろん根も葉もないことだとは思いますけれど。……」

恭子はうちしずんだ三芳新造氏のことばをきいて、心臓のうえにすうっと薄荷水《はっかすい》をぬられたようなうすら寒さをおぼえた。

それではまちがってじぶんのところへ配達された、あの黄金の矢の密告状は、三芳新造氏の手もとにもとどいているのではあるまいか。そういえば、じぶんのところへもおなじ密告状が、三度つづけてきたではないか。

「だけど、あの黄金の矢の密告状もべつにたいしたことないじゃありませんか」

ちょっと白けかかった空気を救うように、佐伯達人がのんきらしい発言をした。

「ねえ、三津木先生」

「はあ」

節子は表情をかたくして、返事もいくらかこわばっている。

「三芳さん、いや、失礼、ここにいる三芳新造さんじゃなく、ピアニストの三芳欣造先生のもとへも、黄金の矢の密告状がいってるんですよ。それによると、そこにいらっしゃる恭子夫人とぼくとが、いまもって密会してるというんですね。あっはっは、いや、大笑いだ。和子さん、きみ、それをどう思う？」

節子はちょっとまぶたをそめたが、和子はかえって平然として、

「その話ならパパからきいたわ。そんな話、およしなさいよ。ママを侮辱《ぶじょく》するものよ。ねえ、ママ」

和子がそばへよってきて、やさしく恭子の手を握る。

「ママはそんなこと、ちっとも気にしてないわね」

「ええ、ええ、パパも和子さんもよく理解してくださるから」

恭子はやさしく微笑して、この思いやりのある継子の手を握りかえした。

「まあ、あきれた」

と、的場夫人は派手に柳眉《りゅうび》をつりあげて、

「奥さまのようなやさしいかたまでねらってるんですの。なんて憎らしい黄金の矢でしょう。でも、もういいわ。奥さま、今夜という今夜はきっと皆さんの復讐をしてさしあげますから」

「あれ、奥さま、復讐だなんて、そんな……こんなことは荒立てないほうがよろしいん

じゃございません？」

恭子がはらはらするそばから、

「その黄金の矢というのは、いったいなんのことですか」

と、八木牧師が窮屈そうに、かたいカラーでしめられた猪首《いくび》をまわして、佐伯達人のほうにたずねかけた。

「いや、それはこうなんです。いま緑ケ丘は大騒ぎなんです。黄金の矢と称する正体不明の人物から、各家庭へむかっていろんな秘事をあばいた手紙がくるんですね。おまえのワイフはどこそこのだれと姦通してるぞとか、おまえの細君はわかれた前の亭主と、いまもって密会してるぞとか……。沢村君」

「はあ。あの、なんですか」

だしぬけに声をかけられて沢村君が、どぎまぎしたようにふりかえった。沢村君はひとしれず、和子嬢の下ぶくれの横顔を観賞して、ひそかに悦にいっていたのである。

「あっはっは、なんだい、その顔色は……あっはっは、いやねえ、きみなんかどうだい」

「どうだいとは、なにがどうだいですか」

「いやさ、きみはまだ黄金の矢のお見舞いをうけないかというんだ」

「ああ、そのこと。……それなら大丈夫です。ぼくはまだ黄金の矢の毒に、あてられるほどの深刻な秘密はありませんからね」

「ふうん、そうかな」

と、佐伯達人は意地悪そうな眼玉をわざとぐりぐりさせて、

「そんなこといってて大丈夫かい。いまにね、あまり三芳和子嬢のおしりを追っかけまわしてると、闇《やみ》の晩があぶないぞ、なんて手紙がまいこむから」

「いやあな佐伯さん」

と、若い和子は真赤になったが、当の本人の沢村君は、かえってうれしそうににこにこしながら、

「佐伯さん、佐伯さん、ちょっとおうかがいしますがね。あなたひょっとすると、黄金の矢の一味じゃないんですか」

「あれ、どうして？」

「だって、いやに他人の秘事をあばきたてるじゃありませんか」

「わっ！　やられたあ！」

八木牧師はむつかしい顔をして、若い男女のやりとりをみまもっていたが、やがて気づかわしそうな視線を的場夫人にむけて、

「奈津子さん、あんたなにかその黄金の矢とやらの脅迫をうけてることがあるの？」

「はあ、あの、先生……」

「なにか、昔のことで……？」

「はあ、あの、いずれそのことはあとで申し上げますが……」

「きょうの電話によると、飼犬に手をかまれたとかいってくやしがっていたが、あれは

いったいどういう意味……？」

八木牧師の鋭いことばに、一同は思わずその顔をみなおした。牧師の視線はさぐるように、的場夫人と三津木節子の顔をみくらべている。それに気がつくと一同は、思わずはっと息をのんだ。

節子もむろんそれを意識しているにちがいない。いくらか鼻白んだように、顔面をこわばらせたが、しかし、べつに取り乱したふうはみせなかった。

節子はまったくうつくしい。造化の神の傑作である。五尺三寸ほどの長身は、しなやかな弾力をもっていて、それでいながら抱きすくめれば、そのままとろけてしまいそうななよやかさをもっている。純潔な肌のきれいなことは、おどろくばかりであった。

子供ごころにボンちゃんは、じぶんの愛する先生が糾弾《きゅうだん》されていると感づいたのか、車いすの腕木をたたいて金切り声をあげた。

「いやよ、いやよ、ボンちゃんの先生をいじめちゃいやよ。おじさんの意地悪！　おじさんの意地悪！」

「ほっほっほ、ボンちゃん、いいのよ」

と、的場夫人はほがらかに、ボンちゃんの腕をたたいて立ちあがった。

「おじさん……いえ、八木先生はね、ママのことを心配してくださるから、いろいろ気をおつかいになるのよ。それじゃ、皆さん、ちょっと失礼。そろそろしたくをしなきゃあなりませんから」

「ママさん、したくってなんのこと？」

さすがのんきな佐伯達人もそのときばかりは、いささか声がこわばっていた。

「いいえ、皆さんをびっくりさせるおしたくよ。ほっほっほ、それじゃ、ちょっと失礼。楽しみにしておいであそばせ」

橘署長は的場夫人のことを、子供のように天真爛漫だといったが、まったくそのとおりかもしれない。この場をおおう気まずい空気も、夫人にはたいして苦にならないらしかった。

的場夫人が出ていくと、すぐそのあとを追うように、三津木節子が出ていった。佐伯達人は気になるように、うしろすがたをみおくりながら、しきりに小鬢《こびん》をかいていたが、やがてさりげなく席を立つと、ちょっと恭子のほうに眼をやったのち、これまた部屋を出ていった。

「和子さん」

と、沢村君が和子のそばへやってきて、

「お庭へ出てみませんか。少し空気がこもるようだから。……」

じっさい今夜の暖かさにくわえて、ストーブの火がきつすぎる。それにいまの白けた空気に、若い和子はショックを感じて、息のつまりそうな気がしていたのである。

「はあ、あの……」

と、和子がもじもじしながら、そっと母の顔をうかがうと、恭子がかすかにうなずいたので、無言のまま立ちあがると、沢村君に腕をとられて、フランス窓からベランダへ出ていった。

あとにのこったのは恭子と星子、それから三芳新造氏と八木牧師である。八木牧師はすこしいいすぎたと感じたのか、むつかしい顔をして、くちびるをへの字なりにむすんでいる。

恭子はその場の空気を救おうとして、

「あの、三芳さま。奥さま、どうなさいましまして。お風邪を召してるとかおっしゃってましたけど、ふせっていらっしゃいますの」

「はあ、少し寒気がするといって……でも、それほどでもないんですが……」

あいかわらず三芳新造氏の声は、淡々としてしずんでいる。

「それじゃ、今夜ごいっしょなさればよろしかったのに……」

「いいえ、あれは当分どこへも出さぬことにいたしました」

「あら、どうして？」

「どうしてってわけでもないのですが……」

と、三芳新造氏はちょっと気づかわしそうな眼で、さぐるように恭子の顔をみながら、

「それはそうと、いつも手紙のことでお手数をおかけして……ちかごろはまちがってそちらへまいるようなことはございませんか」

「いいえ、手数なんてとんでもない。ここんところいいあんばいに、まちがいがないよう

ですわねえ。あの八木先生」

「はあ」

「おかしなことがございますのよ」

「はあ、どういうことですか」

恭子の笑顔につりこまれて、八木牧師もいつかにこやかな笑顔になっていた。

「こちら三芳新造さまとおっしゃいますの。ところが宅の主人は三芳欣造というんですのよ。新と欣、一字ちがいでございましょう。しかもくずして書くと字も似てますでしょう。それですからよくこちらさまあての郵便物が、まちがってあたしどものほうへ配達されてまいるんですのよ」

「はっはっは、それはまた珍しい話ですね」

さっきの白けた空気の埋めあわせのつもりか、八木牧師は猪首をふって、しきりに興がってみせていたが、とつぜん、家じゅうの電気が消えたのはそのときだった。

「あら、先生、停電よ！」

車いすのなかでボンちゃんが金切り声をあげた。

「あっ、ボンちゃん、静かにしてらっしゃい。おじさんがようすをみてこよう」

三芳新造氏が立ちあがって、フランス窓のほうへ歩みよる。電気が消えたとはいえ、大きなフランス窓から淡い外光が入ってくるので、真暗というわけでもない。三芳新造氏は黒いシルエットをみせて、フランス窓から外をのぞいていたが、やがてこちらをふ

りかえると、

「いや、奥さま、よそはついてるようですよ。ほら、お隣の二階にはあかあかと電気がついている」

「まあ、それじゃこちらさまのどこかのヒューズがとんだんでしょうか」

「ボンちゃん、いやだわ。はやく電気つけてえ……」

ボンちゃんが駄々っ児のように、車いすの腕木をたたいているところへ、ベランダから沢村君と和子がかえってきた。

「停電はこの家だけらしいですね。ヒューズがとんだんじゃありませんか」

「沢村先生、はやくなんとかしてえ」

「はいはい、それじゃぼくちょっとみてきましょう。いつかもなおしてあげたことがありますから」

沢村君はライターに灯をともしてドアから出ていった。

「沢村先生、はやくしてちょうだい、ボンちゃん、怖いのよう」

「はい、はい、ボンちゃん、承知しました」

沢村君のすがたがみえなくなると、

「あっはっは、ボンちゃんは暗がりが怖いの?」

と、三芳新造氏がのどのおくで笑っている。

「ええ、そうよ。怖いのよ。お隣のおじさま。ボンちゃんのそばにいてえ」

「ああ、いいとも。さあ、おじさまがこうして手を握っててあげる」

それから間もなく電気がついたので気がついたが、和子のすがたがみえなかった。

「あら、和子さんはどうしたのかしら」

「お姉さまなら、いま沢村先生のあとからくっついて出ていったわよ。三芳先生」

腺病質なこういう少女の常として、感情の移りかわりがはげしいのである。電気がついたのできゅうに元気になった星子は、いたずらっぽい眼をしてはしゃいでいる。もう十六になる星子は、おとなの感情が理解されるのである。

「まあ、しかたのない和子さん」

しばらく待ってもだれもかえってこないので、恭子はちょっと不安になったのか、

「若いひとたちったら！　すみません。ちょっと探してまいりますから」

と、恭子がソワソワ出ていったあとには、星子とふたりの男がとりのこされた。

「まあ、いやだなあ。みんなボンちゃんをおきざりにしてくんだもん。お隣のおじさま。ママはどうしたの」

「ママさんはすぐかえってきますよ。ああ、ひょっとするとママさんは……」

と、いいかけて三芳新造氏は口ごもった。

「ひょっとすると、どうしたの。おじさま、ママ、ひょっとするとどうして？」

「いや、ママさんはときどき人ぎらいになって、はなれの居間へとじこもることがあるでしょう。だから、ひょっとすると……」

と、三芳新造氏は八木牧師から顔をそむけた。

「ああ、そうよ、そうよ。きっとそうよ。ママ、はなれへとじこもったのよ。ボンちゃん、いやよ、いやよ、そんなこと。おじさま、このおいす押してってえ」

ボンちゃんはどうやら八木牧師が怖いらしいのである。さっきの鋭い語気におびえたこのセンシブルな少女は、牧師のそばにいるのに耐えがたい想いがするらしい。

「ああ。そう、それじゃママを探しにいきましょう」

こうしてボンちゃんの車いすを押してはなれへいった三芳新造氏が、開けはなったドアのあいだから、背中に矢を突っ立てられた、刺青女の裸身が床にころがっているのを発見したのである。

九

さて。

以上がボンちゃんをのぞく関係者一同の話を総合して再現された、宵《よい》から死体発見にいたるまでの顚末《てんまつ》である。

島田警部補は応接室の一隅に、青白くもえているガスストーブに眼をやりながら、

「それで、金田一先生、これはどういうことになるんですか。犯人は今夜の客のなかにいるんですか。それともアメリカから復讐のために追っかけてきた何者かが、こっそり

忍びこんで……」

「ハートのクイーンをねらったというわけですか。あっはっは」

と金田一耕助はいすにふんぞりかえって、もじゃもじゃ頭をかきまわしながら、

「いや、冗談はさておいて、現在の段階では、まだなんとも申せませんね。やっと今夜の事情がわかったばかりですから。それはそうとお隣の三芳さんの奥さんはまだみえませんか」

島田警部補は疑わしげな眼で、金田一耕助をみつめながら、

「金田一先生、それじゃあなたはやっぱり同性愛うんぬんのことがこの事件に……？」

「いや、べつにそういうわけじゃありませんが、少しでもひっかかりのあるひとはできるだけ一堂に集まっていただいておいたほうがいいですからね」

警部補は無言のまま応接室を出ていったが、しばらくするとかえってきて、

「お隣の奥さん、入浴中だそうです。風呂からあがりしだいくるという返事だったそうです」

「ああ、そう」

金田一耕助は気のない返事である。

「それで、金田一先生。こんどはどうすればいいんですかね」

警部補の腹のなかには、この貧相な小男が、いったいどういう手段方法で、かずかずの怪事件を解決してきたのか、また、はたして今夜のこの事件でも、そのやりくちが通

用するかどうか、ひとつお手並み拝見してやろうという、好奇心と同時に、いくらかひとの悪い想いも秘められているのである。

金田一耕助は平然として、

「そうですね。だいたい今夜の事情はこれでわかったのだから、こんどは重点的にききとりをしていくんですね」

「重点的にというと……?」

「ボンちゃんのききとりがまだおわっていないでしょう。あの娘も発見者のひとりなんだが、三芳新造氏のみおとしているなにかに、気がついてるかもしれませんよ」

「ああ、そう、承知しました」

さいわいボンちゃんのヒステリー状態は、もうだいぶんおさまっていた。しかし、それでもなおかつ、この敏感な少女をおびえさせない用心にと、三芳欣造氏がそばについていることになり、質問も金田一耕助がききだすことになった。

星子のボンちゃんはそのときのことをたずねられると、すぐ興奮にほおを紅潮させて、

「ええ、そうよ。お隣のおじさまがボンちゃんのこのいすを押していってくだすったのよ。きっとママが人ぎらい病にとりつかれてるにちがいないって。それではなれの居間の前へいったら、ドアがはんぶん開いてたの。そいで、そこからなかをのぞいたら、あのいやらしい刺青女が、背中に矢を突っ立って倒れてたの。矢の根もとから泡《あわ》のような血がもりあがってたわ」

と、ボンちゃんはそこで身ぶるいをすると、

「ねえ、おじさま、あのいやらしいひと、いったいだれなの？」

星子はまだその女がじぶんのママであることをしらない。ママはこの事件におびえて、二階にふせっているときかされて、それをそのまま信じているのが哀れである。

「それで、そのとき、お隣のおじさまどうしたの」

「おじさまもびっくりして、しばらくボンちゃんのおいすのうしろに立ってたわ。でも、すぐ部屋のなかへとびこんで、刺青女の顔をのぞきこんだの。それからボンちゃんにむこうへいって、みんなを呼んでらっしゃいといったのよ。騒いじゃいけない。静かにって。それでボンちゃん、一生懸命、この車いすをこいで母屋のほうへかえってきたの。ねえ、おじさま、あれ、ハートのクイーンだったねえ」

「ハートのクイーンて？」

「いいえ、あの矢が突っ立ってたの、ハートのクイーンのうえじゃなかった？」

金田一耕助は思わず島田警部補と顔をみあわせる。

人間の観察というものは、ときおり突拍子もないまちがいを演じることがあるかと思うと、またときとしては、とんでもなく犀利に働く場合もある。この鋭敏な少女はじぶんの母としらずして、そんな些細《ささい》な点までみていたのである。いや、じぶんの母としらなかったからこそ、冷静にそこまで観察できたのだろう。

「ああ、そう。ボンちゃんはよくそこまで気がついたね」

　ほめられてボンちゃんは顔を赤くする。

「それで、そのときのあのお部屋には、刺青女のほかにだれもいなかった？」

「いなかったわ。いや、いたかもしれないけれど、ボンちゃん、気がつかなかったわ」

「なにかほかにあのお部屋のことで、気がついたことなかった？」

　ボンちゃんはなぜかまたちょっと顔を赤くしたが、すぐ首を左右にふった。金田一耕助にもこのような少女の神経はよくわからない。

「それで、ボンちゃんがその車いすをこいで、客間へかえってきたとき、客間にはだれだれがいたの？」

「みんないたわ。いや、そうじゃなかったわ」

「そうじゃなかったというと？」

「佐伯さんと三津木先生が、ボンちゃんのあとからきたの」

「あとからって？」

「ボンちゃんが客間にむかって叫んでたら、うしろにふたりが立ってたのよ」

「ボンちゃん、なんて叫んだの」

「そんなこと忘れたわ、ボンちゃん、とても興奮してたんですもの。はなれの居間にいやらしい刺青女が殺されてる……って、そんなこと叫んだんじゃないかしら」

「ああ、そう、そうしていったんだね」

「ああ、そうそう、そしたらみんなとびだしていったの、そしたらあの牧師のおじさまが、刺青ってトランプの刺青かってきいたわよ。あのおじさま、きっとあのいやらしい刺青女をしってるのね」

　このセンシブルな少女の胸には、じぶんの愛する家庭教師をはずかしめた、あの憎らしい牧師のおじさまにたいする反感が、いまだにくすぶっているのである。ボンちゃんはくちびるをねじまげ、あらん限りの憎悪の念を表現した。

「ああ、そう、それでボンちゃん、そのほかになにか気づいたことない？」

　ボンちゃんはちょっとためらったのち、

「いいえ、べつに……」

　と、上眼づかいに金田一耕助をみて、ちょっとはずかしそうに顔を赤くした。金田一耕助はおやという眼を少女にすえて、

「ボンちゃん、なにか気づいたことがあったら、正直にいってくれなきゃいけないよ」

「はい、でも、べつに……」

　それ以上追及して、この敏感な少女の心をいらだたせてもと思ったので、

「ああ、そう、ありがとう。それじゃボンちゃんはむこうへいって休息してらっしゃい。なにかまた思い出したことがあったらおしえてね」

「ええ、あの、先生」

　と、星子は欣造氏のほうへふりかえり、

「ママはどうしたんですの。ママ、とても悪いの？」

「いや、ボンちゃん」

と、欣造氏は顔をそむけて、

「心配することはないんだよ。さあ、むこうへいこう。おじさんがいすを押してあげよう」

欣造氏が車いすを押して部屋を出ようとするところへ、刑事がひとり入ってきた。

「いやあ、主任さん、もののみごとにハートのクィーンがやられてますね。あれはやっぱり弓でねらったんじゃなく、矢を逆手《さかて》にもって、ぐさっとやったんですぜ」

星子の前をはばかって、島田警部補や金田一耕助が、眼くばせするのに気がつかず、

「それにしても縁起の悪い。トランプのかずは十三枚ですよ。十三枚のカードを刺青するなんて、アメリカがえりにも似合わない」

「あら！」

と、車いすのなかで星子が鋭い叫び声をあげた。

「それじゃ、あのひと、アメリカからきたんですの。それじゃ、あのいやらしいひと、ママのしってるひとなの」

「いいんだよ。いいんだよ。さ、ボンちゃんはむこうへいってらっしゃい。三芳先生」

金田一耕助の眼くばせに、三芳欣造氏が星子の車いすを押していくのをみおくって、刑事はたまげたように眼をみはって頭をかいた。

「主任さん、それじゃあの娘はあれがじぶんのおふくろだとは気がついていないんですか」

「しらないんだよ。的場夫人はよほど用心ぶかく、あの刺青をかくしていたんだね」

「それがわかったとき、あの娘がどうなりますかね。あの体で……」

金田一耕助は、暗然としてつぶやいたが、島田警部補はその感傷をふりきるように、

「ときに山口君、はなれのほうでなにか……？」

「ああ、そうそう、爺やくん、そんなところに立っていないで、こっちへ入ってきたまえ」

山口刑事の声に金田一耕助と島田警部補がふりかえると、ドアのところにさっきの爺やがおどおどと立っていた。

「あっ、爺やがなにか……？」

島田警部補は山口刑事をふりかえった。

「はあ。あの停電のあとで、この爺やさん、はなれから出てくる人影をみたというんです。それからなにかほかにも主任さんに申し上げたいことがあるというんですが……」

「ああ、そう。爺やくん、さあ、こっちへ入ってきたまえ」

おどおどと爺やが部屋へ入ってくると、山口刑事が用心ぶかくドアをしめた。

一〇

爺やはまず深井英蔵と名前を名乗って、女房のお咲とともにこの家の前の持ち主の時

代からつかえているものだが、的場夫人がこの家を買いとったとき、そのままひきとってもらったものである、じぶんは昔植木屋をしていたことがあるので、庭師兼下男、女房は骨惜しみをしない性分なので下働きの女中として、夫婦とも奥さんからたいへん重宝がられたと、まずそんなことをくどくどと述べたてたのち、

「それで、あんたがはなれから出てくる人影をみたというのは……？」

と、島田警部補にたずねられて、

「はあ、それはかようで。停電ということをわたしはしらなかったんで。というのはわたしどもの住まってておりますほうは電気が消えませんでしたので。……ところが、しばらくして家内がそれに気がついて、母屋のほう停電らしいというもんですから、それではお困りだろうと外へ出たとたん電気がつきましたんで。それで、まあいい都合だったと、ついでに屋敷のまわりをみてまわって、じぶんの家へ入ろうとすると、はなれの廊下のドアがひらいて、ひとがひとりとびだしてきたんです」

「男……？　女……？」

島田警部補の顔は緊張にひきしまる。山口刑事はいそがしくメモをとっている。

「はあ、男のようでした。ズボンをはいておりましたから。それからなんでも眼鏡をかけていたようで。……キラリと眼鏡が光ったのをおぼえておりますんで」

「それじゃ、はっきり顔をみたわけじゃないんだね」

と、金田一耕助が念をおした。

「はあ、さようで。わたしがうちへ入ろうとするとき、ドアの開く音がしたんで、ふりかえってみるとその男がとびだしてきたんで。……そのひとはちょっとあたりをみまわしてましたが、すぐ、まちがったと気がついたのか、また、ドアのなかへひっこんじまったんで。……」

「そのドアというのは、はなれの居間から出てくると、右側にあるドア、すなわち裏庭へ出るドアだね」

金田一耕助がまた念を押した。

「そうです、そうです。だからお客さん、表の庭へ出ようとして、まちがって裏庭のドアをお開きになったんだろうと、まあ、そのときはそんなふうに考えておりましたんで。まさか、こんなことがあろうとは存じませんし、それに、その男のすがたがひっこむとすぐ、表庭へ出るドアがバターンとしまる音がしたもんですから。……」

「じゃ、あの左側のドアのしまる音がしたんだね」

「はあ、たしかにそんな音がしましたんで。ご存じかどうか、あの左側のドアの外からまっすぐにお客間の前のベランダへいく道がついておりますんで。客間からはなれへかようには、廊下を通るよりそのほうが近道なんでがす」

それは金田一耕助や島田警部補もさっきたしかめてきたところである。

「それで、深井君、その男の人相風態だが、もっと詳《くわ》しいことはわからんかね」

島田警部補がいささかじれったそうにたずねた。

「さあ、それが……なにしろとっさのことですし、それに暗うがしたんで。ただ、眼鏡がキラリと光ったのと、外套《がいとう》の下からズボンがのぞいていたのと、ただそれだけ……」

「外套……？　オーバーを着ていたのかね」

「はあ、それだけはたしかで。……」

そうすると、ここに新しい人物が登場したことになる。今夜の客には眼鏡をかけた人物はいないし、また客が家のなかでオーバーを着て、うろうろしているはずがない。

島田警部補はそっと金田一耕助のほうをふりかえったが、小柄で貧相な探偵さんは、もじゃもじゃ頭をかきまわすだけで、それにたいして、かくべつ口をはさもうとはしなかった。

「ところで、深井君、そのほかになにかぼくにいいたいことがあるというが……？」

「はあ、それはこうなんで」

爺やの深井英蔵は、ごくりと生つばをのみこんで、

「あの騒ぎがおこってから、わたしがあそこの見張りを命じられてたてえことは、皆さんも御承知のとおりですが、その見張りをしておりますうちに、ふとさっきの男のことを思い出しましたんで。それでなにげなく左がわのドアを開くと、そこにこんなもんが落ちておりましたんで。……」

と、深井爺やがもぞもぞと、上着のポケットからとりだしたのは、相当くたびれた封筒だった。

「これが、あの、お部屋のなかにありましたもんなら、すぐにもおまわりさんにお渡ししたんですが、家の外でしたし、それに奥さんあての手紙でがすから、ついいままで黙っておりましたんで……」

と、恐縮そうにいいわけしながら深井英蔵のさしだす封筒の表をみて、金田一耕助と島田警部補、山口刑事の三人は、思わずぎょっと眼をみはった。

世田谷区緑ヶ丘町三〇八番地

的場奈津子様

と、一画一画定規でひいたようなあて名の書きかたは、まぎれもなく黄金の矢の手紙の特徴だった。

むろん封は切ってある。

「深井君、きみはこの手紙のなかみを読んだの」

「はあ、どうも、まことに申しわけないことをいたしまして。封が切ってございますから、つい……」

深井英蔵は恐縮しながら、ごつごつとした手の甲で、しきりに顔を、こすっている。

島田警部補はなかみを出して読んでいたが、ヒューッとひと息うれしそうに口笛を吹き、それから満月のような顔に勝ちほこったような笑みをたたえて、金田一耕助のほうをふりかえった。

「金田一先生、ちょっとこれをごらんください」

もったいぶった警部補の顔から、警部補の赤ん坊のような手がひろげている手紙に眼をうつしたせつな、金田一耕助も思わず大きく眼をみはった。

刺青美人よ　ハートのクイーン
を　忘れるな　近日参上挨拶を
待つ　　　黄金の矢

それはまちがって三芳欣造氏宅へまいこんだ手紙をのぞく、他のすべての黄金の矢の手紙と同様、新聞から切りぬかれたもので、枠でかこんであるのは、いいぐあいに、そういうふうにつづいた印刷文字を、黄金の矢が発見したのである。

金田一耕助が封筒の消印をみると、ちょうど一週間前になっている。してみると、女中のお種が郵便受けから取り出すところを、恭子夫人がみたというのは、この手紙ではあるまいか。

「なるほど、なるほど、これはなかなか興味ある手紙ですな」

金田一耕助は新聞の切りぬきをべたべたはられて、ちりちりちぢんだ便箋を、興味ありげにとってみて、はては裏から電気の光にすかしてみながら、

「ときに、爺やさん、あんた奥さんの肌にあんな刺青のあることしってた？」

「とんでもがあせん。さっき家内とも話しておったまげているところなんで」

「ああ、そう、ところで爺やさん、このうちで赤いパテをつかったことある？」

「赤いパテ……赤いパテとは……」

「主任さん、ちょっとあれをみせてやってください」

さっきはなれの居間で拾ったパテを、島田警部補が出してみせると、深井爺やは不思議そうにまゆをひそめて、

「いえ、こんなもん、いままでみたことはございません」

「ああ、そう。それから、爺やさん」

「はあ」

「あのはなれへいく廊下のドアね。いま問題になった二つのドア。あれはいつもあけっぱなしになってるの」

「いえ、とんでもございません。そんな無用心なことは……」

「それじゃ、いつもはしまってるんだね。そして、鍵はだれが持ってるの」

「それはもちろん、奥さまで」

「奥さんだけ？」

「はあ」

「いや、ありがとう」

　金田一耕助は爺やのほうへうなずくと、やっと納得がいったのか、手にした便箋を警部補にかえした。

二

「金田一先生、金田一先生、こりゃやっぱりさっきいったとおりですぜ」

　と、島田警部補はガニ股のみじかい脚でチョコチョコと、部屋のなかを歩きまわりながら、満面笑みくずれて、

「アメリカ時代の暗い秘密、……それが尾をひいてこんどの事件の端緒になってるんですな。ハートのクイーンを忘れるな……か。こういう脅し文句はちょっと日本人にゃ考えられませんからね。ハートのクイーンの刺青に矢を突っ立てておく。……そこになにか重大な意味があるんでしょうな」

「主任さん、ひょっとするとこりゃ、なにか秘密結社に関係があるんじゃないでしょう

かねえ。秘密結社が刺客をよこす……。なにかそういう大げさな犯罪のにおいがするじゃありませんか」

島田警部補の興奮が感染したのか、山口刑事もいきりたっている。

「そうだ、そうだ。大いにそういうことも考えられる。まだ宵の口のしかも大ぜい客のつめかけている間《かん》の、大胆不敵な犯行だからな。金田一先生、あなたのお考えはいかがです」

「さあ、そういうことも考えられんことはありませんが……」

と、金田一耕助はいたって気乗りうすな顔色で、

「アメリカ時代のことなら八木牧師にきいてみれば、いくらかはっきりするでしょう。あのひとがアメリカ時代からのおなじみで、万事ひきうけて面倒みてるそうですから」

「あっ、そうだ。山口君、八木牧師をここへ呼んでくれたまえ」

「はっ」

山口刑事が出ていこうとするところへ、緑ケ丘病院の佐々木先生が、しかめっ面をして入ってきた。

「妙な殺しですな。わたしゃ何年も医者をしているが、こんな複雑怪奇な殺人方法をみたこともきいたこともない」

と、がっかりしたようにいすに腰をおろし、ハンカチでごしごし額をこすっている。

「先生、麻酔をかけたらしいというのはほんとうですか」

山口刑事がせきこんだ。

「いや、これは解剖してみなければはっきりしたことは断定できんが、まず、十中の八、九はそうみてもまちがいはないようだね」

「そうすると、麻酔をかけて昏睡してるところを絞める……と、そういう順序になるんですな」

金田一耕助が念を押す。

「ああ、そう、のどのところに大きな指の跡がのこってますからな。それから矢でえぐる……と、そういう順序のようですな」

「矢でえぐったときには被害者はまだ生きてたでしょうかね」

「いや、もう絶息しておったでしょう。あの出血状態ではね」

金田一耕助もその眼でみたのだ。ぐさりと突っ立った矢の根もとには、ほとんど出血らしいものはなかった。

いったい、これにはどういう意味があるのだ。犯人はなんだってそんなややこしい手続きをふまなければならなかったのか。島田警部補がいうように、ハートのクイーンをねらいたいなら、麻酔だけで十分ではないか。なんだって昏睡しているものを絞め殺さねばならなかったのか。いや、いや、それを逆にいえば、被害者の息の根をとめるだけなら、絞め殺すだけで十分ではないか。なんだって矢を用いなければならなかったのか。

いや、その前に被害者を裸にしたのはいったいだれか。的場夫人みずからが、着がえをしようと裸になったところを犯人におそわれたのか。それとも犯人が麻酔をかけ、あるいは絞め殺したのちに裸にしたのか。犯人が裸にしたとすれば、やはり島田警部補がいうように、ハートのクイーンに矢を突っ立っておくということに、なにか特別の意味があるのだろうか。

金田一耕助はこの錯雑《さくざつ》した謎に湧然《ゆうぜん》たる興味をおぼえ、ガリガリ、バリバリと、めったやたらにもじゃもじゃ頭をかきまわしはじめた。これが興奮したときのこの男のくせなのだ。あまり上品なくせとはいえないね。

島田警部補はあきれたような顔をして、金田一耕助のようすをみまもっていたが、やがて佐々木医師と入れちがいに、山口刑事が八木牧師をつれてきた。

八木牧師は例によって、傲岸《ごうがん》な面構《つらがま》えをして部屋のなかへ入ってくると、にらみすえるように一同の顔をみまわしている。

「やあ、先生、お呼び立てしてすみません。ちょっと先生におたずねしたいことがあるもんですから、さ、どうぞそこへおかけください」

島田警部補の如才ないあいさつにむかえられた八木牧師は、そこにいる金田一耕助のもじゃもじゃ頭に、じろりと不遜《ふそん》の一瞥《いちべつ》をくれると、きっとくちびるをむすんだまま、いすのひとつに腰をおろした。

「先生は的場夫人をアメリカ時代からご存じだそうですね」

「そう」

と、八木牧師はぶっきらぼうにいってうなずいた。依然として金田一耕助の存在が気になるふうで、おりおりじろりとそのほうをみる。

「それで、あのひと、アメリカでなにをしていたんですか。なにをもってこの莫大な産をなしたんですか」

「サーカスを経営していたんだよ」

吐きすてるような八木牧師の一言に、警部補は思わずテーブルの端をにぎりしめ、金田一耕助は口笛を吹くときのように口をすぼめた。メモをとっていた山口刑事も、はっと顔をあげて八木牧師をみる。なるほど、それならば刺青をしていても不思議はない。

八木牧師は三人の顔をみまわしながら、問われるまでもなくじぶんから話しはじめた。

「はじめはサーカスの芸人だったんだ。なんでも八つの年に両親にともなわれて渡米したという話だが、それきりむこうにいついたんだね。ところが、二十過《はた》ぎになって結婚した的場譲治というのが、芸人としても人気があったが、経営の才のある男で、これが奈津子をスターにしてマトバ・サーカスというのをつくりあげたのだが、こいつが成功したんだね。マトバ・サーカスといえば西部から中部へかけて有名なものだった。ところが三年ほどまえに、亭主に死に別れたものだから、急に故国が恋しくなり、わたしのところへ手紙をよこしたんだ。それ以来、わたしがいろいろ面倒をみてやっていたというわけだ。だから奈津子の財産はけっして不正なものではない。サーカスでかせぎためた金なんだ。それにドルが高いもんだから、こういう生活ができたんだ。あれはほんとうに正直な、子供のように無邪気な女だった。……」

八木牧師の眼がしっとりとぬれてくる。

「なるほど、わかりました。それで的場夫人は前身をかくしていたんですね」

「そう、星子の将来のためにもね。うまれ故郷へかえらずに、こういう都会の郊外へ落ち着き場所をえらんだというのも、前身をひとにしられたくなかったからだね」

「星子さんというのはもらい児だということですが……」

「いや、奈津子の実子なんだ。ただ私生児なんだね。しかも、奈津子自身にも、あの娘の父親がだれだかはっきりわかっていない。……」

八木牧師は血色のよい顔をちょっとほんのり紅にそめる。金田一耕助と島田警部補は思わず顔をみあわせる。

八木牧師はいすのなかでぎこちなく身動きをすると、

「的場譲治に出会う前には、いろいろ、まあ、あったんだろうな。ああいう旅から旅へという生活だから、相当無軌道なことをやっていたらしい。そのうちにみごもって産み落としたのがあの娘で、さる日本人の家庭へ里子にやってあったんだ。それをこちらへかえる前にひきとって、養女としてつれかえったんだ。だから星子は母の前身もしらないし、したがって奈津子の肌にああいう刺青があることもしらないんだ」

八木牧師のひとみがまた涙にうるんでくる。金田一耕助がちょっと体をのりだして、

「その当時、的場夫人が売物にしていた芸というのはなんでした？」

「射撃だったね。トランプを空中にまいて射撃する。百発百中といってもいいほどの名人芸でね。それにあのとおり愛嬌のいい女だから、どこへいっても子供には絶対的といってもいいほど人気があったね」

「なるほど、それで……」

と、今度は警部補が身をのりだして、

「今夜のことですがね。今夜あなたがここへこられたのは偶然だったんですか」

「いいや、そうじゃない！」

八木牧師は急にギラギラ眼を光らせ、一同の顔をみまわしながらことばをつよめて、

「今夜わたしがここへきたのは、奈津子の電話で、呼びよせられたんだ。奈津子はとても興奮していた。興奮していたというよりも激昂《げっこう》していたといったほうがいいだろう。いままでじぶんはだまされていた。ある人間にだまされて、脅迫されて、さんざん金をしぼられてきた。じぶんは飼犬に手をかまれた。……と、さんざんくやしがったのち、今夜はその敵討《かたきう》ちをするから、ぜひ立ちあってほしいと、そういってきたんだ。あれはだまされやすい性質の女だ。子供のように天真爛漫で、ひとを疑うことをしらぬ女だからね。つまりいってみれば、役者子供というやつだ。わたしもかねがねそれを心配していたんだが。……」

「飼犬に手をかまれたといったんですね。飼犬とはだれのことだと思いますか」

「さあ。……」

と、八木牧師はつるりとほっぺたをなでてことばをにごした。

「あなたはそれを家庭教師の三津木節子さんだと、思ってらっしゃるんじゃありませんか」

「ふむ、まあ、飼犬といわれる立場にあるのは、あの娘よりほかにおらんから。……」

「でも、あのひとはあなたがお世話なすったという話だが……」

「ええ、そう、でも、新聞広告で雇っただけの関係だから。……しかし、いったい、奈津子はなんのことで脅迫をうけとったんだね」

「さあ、そのことですがね」

と、警部補は体をのりだし、

「的場夫人はなにかハートのクイーンに関して、他から恨みをうけるような事件に関係してやあしなかったですか。アメリカ時代……」

「たとえば秘密結社を裏切るといったふうな……」

と、山口刑事がことばを添えると、八木牧師はあっけにとられたような顔色で、しばらくふたりの顔をみくらべていたが、急にプッと吹き出して、

「いや、どうも、失礼。失礼。しかし、いったいあんたがたは、なんのことをいってるのかね。奈津子が秘密結社だって？　いったいどういう秘密結社です。サーカスの女王、無邪気で、天真爛漫なあの女が、いったいどういう意味の秘密結社を裏切ったというのかね」

島田警部補と山口刑事はじぶんたちの思いちがいに気がついたのか、いくらかほおをそめながら、

「いや、どうも、秘密結社は大げさとしても、ほら、的場夫人の刺青のハートのクイーンのうえに矢が突っ立ててあったでしょう。そのことになにか重大な意味があるんじゃないかと思うんですが、あなた、なにか心当たりは……？」

「いや、それはわたし自身不思議に思うとるんだが、心当たりといってべつに……」

「じぶんでもだれが父親だかわからんような私生児をこしらえるようじゃ、ずいぶん男出入りもあったのでしょうな」

山口刑事がことばをはさんだ。

八木牧師はジロリとそのほうをみて、

「そりゃあったろうな。しかし、それも昔のことだし、アメリカでのできごとだから。……念のためにいっておくが、的場譲治と結婚してからはすっかり素行《そこう》がおさまって、貞淑なワイフで通ってたようだ。それにあれがひとから恨みを買おうとは、絶対にわたしには思えんが……」

「ところで、先生」

と、今度は金田一耕助がのりだして、

「たいへん、失礼なことをおたずねするようですが、的場夫人に同性愛の嗜好《しこう》があったというようなことを、おききになったことは……」

「な、な、なんだって！」

　と、そう叫んだ八木牧師の声は、かなり広い応接室へひびきわたって、ドアの外にいた警官がおどろいて顔を出したくらいである。

「き、き、きみはなんのことをいってるんだ。そんな……そんな……けがらわしい……」

　満面に怒気をふくんだ八木牧師の顔色から、的場夫人に同性愛の嗜好があったにしろなかったにしろ、このひとにとっては寝耳に水であったらしいことがうかがわれる。

「いや、まあ、まあ……」

「いったい、だれが……だれがそんなことをいってるんです。いや、それより相手はいったい……」

　と、いいかけて、ぎょっとしたように呼吸《いき》をのみ、

「あっ、それじゃ三津木節子とそのようなけがらわしい関係に……」

「いや、いや、それはいまのところ申し上げるわけにはいきません。それじゃ、八木先生にもうひとつ、おうかがいしたいことがあるんですが……」

「ど、どういうこと……？」

　八木牧師の態度があきらかに落ち着きをうしなっている。同性愛うんぬんのことが神につかえるこのひとにとっては、よほど大きなショックだったらしい。

「ほかでもありませんが、的場夫人がお亡くなりになったあと、この家の財産は当然星子さんのものになるんでしょうね」

「それはもちろん。……」

「ところで、星子さんはまだ未成年者だから、当然、保護者が必要ということになりますが、どなたか親戚のかたでも……」

「その後見人にはわたしがなることになりましょう」

「あなたが……？」

と、島田警部補の顔色に、ふいと猜疑《さいぎ》の色がうごいた。八木牧師は落ち着きはらって、

「さよう。亡くなった的場奈津子には星子以外にひとりも身寄りはなかったし、それに奈津子の良人の的場譲治というのは、わたしのいとこだったからな」

ふいにしいんとした沈黙が応接室のなかへ落ちこんできた。金田一耕助はめったやたらともじゃもじゃ頭をかきまわし、島田警部補と山口刑事は、穴のあくほど牧師の顔をみつめている。ここにはじめてこの殺人事件の、真の動機が頭を出したのではないか。

「すると……すると……」

島田警部補はあえぐように口をパクパクさせながら、

「失礼なことをおたずねするようだが、星子さんにもしものことがあったら、的場家のこの財産は……？」

八木牧師はギロリと警部補の顔をみて、

「むろん、その場合にはわたしのものになりましょう。的場譲治にはわたしよりほかに身寄りのものはなかったから」

一二

「野郎！」

八木牧師が堂々と威儀をつくろって出ていったあと、金田一耕助と島田警部補、山口刑事の三人は、しばらく唖然《あぜん》とした顔をみあわせていたが、やがて山口刑事が吐き出すようにつぶやいた。

「いちばんはじめにいうべきことを、いちばん最後にいやあがった」

「金田一先生、こりゃなかなか複雑になってきましたぜ。ひょっとするとあの牧師が……」

「しかし、主任さん」

金田一耕助はぼんやりとあらぬかたをながめながら、

「八木牧師にははっきりとしたアリバイがあるんですよ。的場夫人が客間を出ていってから、死体となって発見されるまで、あのひとだけが客間をはなれなかった。……」

「そのアリバイというのが臭《くさ》いんじゃありませんか。それに共犯者を使うという手もある」

山口刑事が主張する。

「しかし、この脅迫状は……？」

島田警部補はまだ脅迫状に未練がのこっていた。

「だからさ。的場夫人にはやっぱりなにか、ハートのクイーンについて暗い秘密があるんでさあ。それをあの牧師が握っていて脅迫していた。第一、的場夫人にああいう刺青があるということをしってるものは、あの男しかありませんからね。それがばれそうになったもんだから……」

「すると、刑事さんは黄金の矢を八木牧師だとお思いになるんですか」

金田一耕助の質問に、

「いや、そ、それは……そのことについちゃ、もっとよくしらべてみなければわかりませんが……」

と、山口刑事が鼻じろんでいるところへ、風を切ってとびこんできたのはふたりの刑事だ。満面を紅潮させて、

「主任さん、主任さん、わかりましたよ。黄金の矢の正体が……ほら、これ!」

刑事がさしだしたものをみて、三人は思わず眼をみはった。

それはさる有名な高級婦人雑誌だったが、刑事がバラバラとページをくるにしたがって、いたるところに切りぬかれたあとが発見された。

「これ、いったい、だれの雑誌……?」

「三津木節子ですよ。しかも節子のやつが二階のストーブへくべようとするところをとりおさえたんです。ここへつれてきましょうか」

金田一耕助がまたもじゃもじゃ頭をかきまわしはじめたところへ、見張りの警官が顔を出した。

「主任さん、お隣の奥さんがきてるんですが……」

島田警部補は金田一耕助の顔をみて、

「金田一先生、どちらをさきにしますか。三津木節子とお隣の奥さんと……？」

と、意見をただした。

「三芳夫人をさきにしたほうがいいでしょう。ああ、それから刑事さん」

「はあ」

「的場夫人の受け取った脅迫状はみつかりませんか」

「はあ、まだ。……」

「それじゃ、破りすててしまったのかな。まあ、念のためにもう少しさがしてください。ああ、それから、主任さん」

「はあ」

「署に新聞の綴込《とじこ》みがとってあるでしょうね」

「そりゃ……新しいのならとってありますが……」

「きょうは三月十五日ですね。それじゃすみませんが、今月の朝日、毎日、読売の綴込みをとりよせてくださいませんか。ぼくはちょっと考えがありますから」

島田警部補はさぐるように、金田一耕助の顔をみていたが、それでもすぐに警官にそのむねをつたえた。

「それじゃすぐにお隣の奥さんを……それから緒方君、北山君、三津木節子から眼をはなすな。逃げ出すような気配があったら、容赦なくとりおさえろ」

「オーケー」

刑事たちと入れちがいに、三芳悦子の入ってくるのをみたとき、金田一耕助は思わずほほうと眼をみはらずにはいられなかった。そして、緑ケ丘というところは、なんとまあすごい美人ぞろいなんだろうと、舌をまいて驚嘆せずにはいられなかった。

三津木節子も美人である。三芳恭子もうつくしい。その継子の和子も麗人である。そして、的場星子も腺病質ながらもかわいい娘だ。さらにその母の的場夫人もパッと眼につく器量だった。しかも、いままた三芳悦子のうつくしさ。

みなりはあまりよくなかった。まがい結城《ゆうき》も相当くたびれているようだが、着るひとのうつくしさに救われて、湯あがりのにおうばかりの臈《ろう》たき肢体を、なよなよといすに腰を落として、

「あの……」

と、物問いたげに島田警部補から山口刑事、さらに金田一耕助へと順ぐりにむけるそのまなざしに、無限の情がこもっている。

「何か御用でございましょうか」

「はあ、あの、いや、ちょっとおたずねいたしたいことがございましてな」

と、島田警部補はいささかたじたじの態《てい》だ。赤ん坊のような手で満月のようにまんまるい顔をなでながら、救いを求めるように、金田一耕助のほうをふりかえった。しかし、耕助が無言のまますましているので、しかたなしにぎこちない空ぜきをしながら、

「じつはこういう手紙がまちがって、ピアニストの三芳先生のほうへ配達されたんですがね」

と、警部補のさしだす手紙をみて、悦子ははっとしたように顔色をうごかした。そしてはずかしそうにうつむいたうなじから耳たぶまで、みるみるうちに火がついたように真赤になったところをみると、どうやら悦子はその封筒の内容をしっているらしい。

島田警部補は金田一耕助にすばやい一瞥をくれると、

「ところが三芳先生……ピアニストの三芳先生はまちがいと気がつかず、つい封を切ってなかみを読まれた。読まれてからまちがいと気がついたが、内容が内容だからお宅へとどけかねたとおっしゃるんです」

「はあ……」

と、悦子は依然としてうつむいたまま、指先にまいたハンカチで、ソワソワと額の生えぎわをこすっている。島田警部補はうたがわしそうな眼を、山口刑事とみかわしながら、

「ところで奥さんはこの手紙の内容を、ひょっとするとご存じなんじゃありませんか」

「はあ、あの……」

と、悦子は涙のにじんだ眼をあげると、

「ひょっとすると、それ、こちらの奥さまとあたくしが、同性愛の遊戯にふけっていると……そんなんじゃございません？」

「ああ、そうです、そうです。それじゃお宅へもとどいたんですね」

「はあ。……二度……それで、とっても主人にしかられまして……」

と、悦子はハンカチを眼におしあてる。

「しかられたとおっしゃるが、それではそういう事実が……」

「あら！」

と、悦子は顔をあげると、恨めしそうに島田警部補の顔をみて、

「なんぼなんでもそれじゃあんまりひどうございますわ。そんないやらしいこと。……主人にしかられたと申しますのは、そんな中傷の手紙を書かれるというのも、あたしの態度にどこかいけないところがあるからだ、いかにこちらの奥さまがご親切にしてくださるとはいえ、あまりなれなれしく往来しすぎる、だから、こんな中傷をされるんだと。……」

「それじゃ、そういう事実はなかったとおっしゃるんですね」

「それはもちろん」

と、悦子はくやしそうに涙をふきながら、

「ひとを中傷するにもほどというものがございますわ。同性愛だなんて、そのひと、ど

うしてそんなとっぴなことを思いついたのでございましょうね。なるほど、こちらの奥さまは独身でいらっしゃいますけれど、あたくしには三芳というれっきとした良人がございますものを……それはこちらの奥さま、ちょっと男みたいにさばけたところがおありのかたで、それですから、あたくしもつい甘えるような気持ちで、遠慮気がねなく、おつきあいをさせていただいたんですが、そんないやらしいこと……でも、そんなふうに中傷されるというのも、どこかあたしの態度そぶりにいけないところ、つまりご好意に甘えすぎたところがあったんじゃないかと、あたくしそれがはずかしゅうございます」

悦子はハンカチを眼におしあてて、くやしそうにむせび泣く。

島田警部補は困ったように小指で小鬢《こびん》をかきながら、助け舟をもとめるように金田一耕助のほうをふりかえる。

金田一耕助はうなずいて、

「ところで、奥さん」

と、ちょっと体をのりだして、

「とにかくだれかがこんな中傷の手紙を書いたんですが、それについてあなたにお心当たりはございませんか。だれがこんな手紙を書いたか……」

悦子はちょっと恨めしそうな眼で金田一耕助の顔をみて、

「それがわかるくらいなら、あたしそのひとのところへいって、うんといってやりますわ。いいえ、その前に警察へいって、そのひとのことをいいつけてやりますわ。じつは、あたくしども……」

　と、いいかけて、悦子はちょっといいよどむ。

「じつはあなたがたが……どうかなすったんですか」

「はあ、あの……」

　と、悦子はちょっとはずかしそうに、

「黄金の矢のことについては、わたしどもにも耳に入っていたんでございますの。でも黄金の矢にねらわれるかたがたって、みなさん、お金持ちでいらっしゃいますでしょう。その点、あたくしどもみたいな貧乏人は大丈夫ねえと、主人と笑っていたんですの。そしたらこともあろうに同性愛だなんて……ほっほっほ」

　と、悦子はさびしく笑って、

「こういう種類のひとにとっては、どんなことでもいいがかりの種になるのでございましょうねえ」

「ところがねえ、奥さん」

　と、金田一耕助は注意ぶかく相手の顔色を読みながら、

「今夜とうとう黄金の矢の正体がわかったんですよ」

「まあ！」

「しかも、黄金の矢はこの家にいるんです。ご存じでしょう。家庭教師の三津木節子…

…あれがどうやらそうらしいんです」

「まあ！」

悦子はギクリと体をふるわせ、しばらく呼吸をつめたまま、まじろぎもせずに金田一耕助の顔をみつめていたが、急にハンカチを眼におしあてると、

「そうおっしゃれば……そうおっしゃればあのかたは、あたくしがこちらの奥さまと、親しくするのをおよろこびにならないふうがございました。あたくしそれをただの女らしい嫉妬《しっと》だと、気にもとめずにいたんですが、なんぼなんでもそれではあんまりひどいわ。あんなきれいな顔をしていながら、こんな、こんなけがらわしいこと。……」

悦子はしだいにいいつのっていくうちに、ヒステリーの発作でも起こったのか、ハンカチを眼におしあてて、身をもみにもんで泣きむせんだ。

島田警部補は気の毒そうに、

「いや、どうも。たいへん失礼な質問で、さぞ気を悪くなすったでしょうが、これもお役目とお許しください。それじゃ、これで……」

「はあ」

と、ハンカチを眼におしあてたまま立ち上がる悦子のうしろから、金田一耕助が声をかけた。

「奥さん、たいへん失礼ですが、もう少しこの家にいてくださいませんか。ご主人もむこうにいらっしゃいますから」

「はあ、でも……」

「なにかご都合のお悪いことでも……」

「いえ、あの、家が無人なものですから。……」

「いや、それならだれかやって警戒させましょう。三津木節子のことで、なにかまたおたずねしなければならんことができるかもしれませんから」

島田警部補のことばに、

「はあ、それでは……」

と、不承不承にうなずいて、悦子が部屋から出ようとするとき、いきなり外からドアがひらいて、

「き、金田一先生！」

と、とびこんできたのは和子である。

血の気をうしなったその顔色をみて、

「か、和子さん！　ど、どうかしましたか。また、な、なにか……」

と、金田一耕助はなにかしら、ゾーッと総毛《そうけ》だつような感じだった。

「ええ、あのボンちゃんが……ボンちゃんが……」

「な、なに！　ボンちゃんがどうかしたのか！」

島田警部補と山口刑事、それに金田一耕助も弾かれたようにいすから立ち上がっていた。

「は、はい……」

と、和子はうわずった眼で三人の顔をみくらべながら、

「カーテンのひもで首をしめられてえ……」

悦子は呆然《ぼうぜん》としてドアのうちがわに立っていたが、それをきくとゾクリと肩をふるわせた。それからハンカチで顔をおおうたまま、逃げるように部屋から出ていく。

「な、なんだって！　カ、カーテンのひもでしめられたって？　そ、それでボンちゃん、もういけないのかあ！」

島田警部補がついに大雷を爆発させた。

「いえ、あの、発見がはやかったので、大丈夫だろうと沢村先生はいってらっしゃいますが、とにかくはやくきてください」

「畜生ッ！」

三人は和子のあとについて、もみあうように応接室からとびだした。

一三

客間のなかはシーンと凍りついたような沈黙につつまれていた。

星子は胸をくつろげて、床の絨緞のうえにじかに寝かされている。そのうえにのしかかるようにして、人工呼吸によねんのないのは沢村君だ。三津木節子も経験があるとみえて、佐伯達人とともにかいがいしく手伝っている。

恭子夫人は真青な顔色で、良人にかかえられるようにして、気づかわしげに星子のようすをみまもっている。さすがに八木牧師の顔色も真青で、額から血管が二本大きく怒張し、大粒の汗がふきだしている。

部屋の隅ではまたヒステリーの発作が昂じたのか、悦子がハンカチを顔におしあてたまま、はげしく泣きじゃくりをしている。三芳新造氏がくどくどと、それをしかったりなだめたりしている。

金田一耕助が爪先だって、おそるおそるのぞいてみると、星子の顔は紫色の斑点におおわれて、のどのまわりに食いいるように青黒いひものあとがのこっている。

さすがの金田一耕助も思わずつばをのみこんで、ゾクリと肩をふるわせた。

「沢村先生、大丈夫でしょうね」

耕助の声はひくくしゃがれてふるえている。

「はあ、だいたい、大丈夫だと思います」

沢村君はふりむきもせず、はあはあ呼吸をはずませている。

「だいたい……?」

「いや、大丈夫ですよ」

「沢村先生、注射やなんかは……?」

島田警部補の声も不安そうにふるえている。

「はあ、いま、強心剤をうっときました。三津木先生、胸のところをもう少しつよく摩擦してください。そうそう、その調子、その調子、ボンちゃんは死にやしない。なあ、ボンちゃん、ボンちゃんはぼくのいちばんだいじな患者さんだもんな。死なれてたまるかってんだ」

　金田一耕助の背後でふいにすすり泣く声がきこえた。沢村君がそれをききとがめて、

「だれ……？　泣いてるのは……？　和子さん……？」

「はあ、すみません」

「泣いちゃだめよ。泣くことはないんだよ。いまにボンちゃん、お眼々《めめ》パッチリひらくんだから。それより病院へ電話かけてくれましたか」

「はあ、佐々木先生、すぐいらっしゃいますって」

「それじゃ、おやじさん、まだいたんですね」

「はあ、ちょうどおかえりになろうとしたところだったとか。……」

「それそれ、そのとおりボンちゃんは運がつよいんだからな。死神なんかくそくらえだ。佐伯さん、そっちのほうをもう少しつよくお願いします。そうそう……」

　額から滝のように汗をたらしながらも、周囲の気をめいらせないように、ひっきりなしにしゃべっているこの若い医者のすがたに、金田一耕助はつよく心をうたれずにはいられなかった。

　島田警部補は疑わしげなまなざしで、八木牧師の横顔をみつめていたが、ベランダの外に立っている刑事や警官のすがたが眼につくと、

「きみたちはいったい、なにをしてたんだ！」

と、またしても大雷を爆発させた。

「すみません。まさかわれわれの詰めかけてるところで、こんな大それたことをやらかそうとは思いませんから。……」

刑事たちも興奮のために、眼をギラギラとうわずらせている。

「いったい、どこで、だれにしめられたんだ！」

「そのことなら、和子さん、あなた説明してあげてください」

沢村君が床にしゃがんだまま口をはさんだ。

「はあ。……」

「落ち着いて、しっかり説明するんですよ。ヒスなんか起こさないでね。そら、そら、そら、ボンちゃんの心臓が鼓動をはじめたぞ」

「しめた！」

と、佐伯もいずまいをなおして、なおいっそう人工呼吸に力をいれる。

「ボンちゃん……ボンちゃん……」

と、ひくくつぶやいた三津木節子の声は、涙にうるんでいるようだ。うつむいた白いうなじにぐっしょり汗がうかんでいる。

なるほど、みれば星子のうすい胸が、微弱ながらも鼓動をうちはじめている。それをみまもる一同のくちびるから、いっせいに潮騒《しおさい》のようにため息がもれた。

「佐伯さん、三津木先生、そのまま人工呼吸をつづけていてくださいよ。ぼく、もう一本注射をうってみる」

沢村君が星子の細い腕に注射針をさすのをみて、

「和子さん」

と、金田一耕助はふりかえった。

「こちらのほうはもう大丈夫のようだから、あちらの隅へいって、詳しい事情をきかせてください」

星子が息を吹きかえしたとわかって、さすがに緊張から解きほぐされたのか、和子は部屋の隅までくると、ぐったりといすに腰をおろして、

「はあ、あの……それはこうですの」

と、眼をうわずらせて、さっきの恐ろしい想い出を語りはじめる。

「このお部屋、あまりストーブをたきすぎたので、ボンちゃん気分が悪くなったんですわね。頭痛がするから外へ出たいというので、三津木先生とあたしとで、毛布にくるんで、車いすをあのベランダへ押していったんですの。そして、隣のお部屋のカーテンの前へ、車いすをお庭のほうへむけるような位置においたんですね。それからあたしは庭へおり、そこらをぶらぶらしていたんですの。そのとき、あたしは三津木先生が、ボンちゃんのそばにつきそっていらっしゃるとばかり思ってたでしょう。ところがしばらくして、妙な気配がするもんだから、なにげなくボンちゃんのほうをみると……」

と、そこまで語るとさすがに和子も興奮してきて、眼つきがいよいようわずってくる。

「ボンちゃんのほうをみると……？　どうしたんですか」

と、島田警部補がもどかしそうにあとをうながす。

「はあ、あの、ボンちゃんが車いすのなかで手足をバタバタさせてるでしょう。でも、そのときにはあたしまだ、あんな恐ろしいこととは気がつかなかったんです。でも……」

「あっ、ちょっと待って」

と、金田一耕助がさえぎって、

「そのとき、三津木先生は……？」

「先生のすがたはみえなかったんですの。それで、あたし変に思ってベランダのほうへ駆けつけてくると、ボンちゃんのすぐうしろのカーテンがゆれて、手がひっこんだようでした」

「手が……？」

と、島田警部補と金田一耕助は息をのんで、

「それで、男の手……？　女の手……？」

「いいえ、そこまではわかりませんでした。お調べになるとわかりますけれど、隣のお部屋、明りが消えてて、そこらじゅう薄暗がりなもんですから。……それで、あたしいよいよ変に思ってベランダへあがってみると、ボンちゃんがぐったりと首をたれてて、その首のまわりにあのひもが……」

「主任さん、このひもなんですがね」

と、刑事がさしだしたのはカーテンをしぼるために使う、ふとい絹の組みひもだった。

「畜生！」

と、島田警部補は怒りにみちたうめき声をあげ、

「すると、犯人は隣の部屋のカーテンのあいだから腕をのばして、ボンちゃんの背後から首をしめたというわけですね」

「はあ。……」

和子の眼はますますうわずってくる。握りしめたハンカチが両手の指にもみくちゃにされ八つ裂きになりそうな勢いである。

「それで、あんたはそのとき部屋のなかをのぞいてみなかった」

「あたし……あたし……とてもそんな怖いこと。……」

「主任さん、そりゃ無理ですよ。こんな若いご婦人にね。それで和子さん、なにか叫んだんですね」

「ええ、あたしなんと叫んだかおぼえておりませんけれど、きっと、ボンちゃんが……ボンちゃんが……とでも叫んだんでしょう。すると、この客間からパパとママと沢村先生の三人がとびだしてきてくだすったんです」

「八木牧師や三津木節子さんは……？」

と、島田警部補はそのことがいちばんききたいのである。

「三津木先生はここにいらっしゃらなかったようです。みんなしてボンちゃんをここへかついできて、沢村先生が人工呼吸をはじめようとなすったとき、コップを持って入っていらっしゃいました」

「コップ……?」

「はあ、あのコップ……」

和子が指さすところをみると、テーブルのうえにガラスの皿にのっけたコップがおいてある。

「三津木先生もとてもびっくりなすって、さっそく沢村先生に手つだって人工呼吸をおはじめになったんですの。それであたし、パパのいいつけで金田一先生をお迎えにあがったんですけれど、あたしとちょうど入れちがいに、佐伯さんが入っていらっしゃいました」

「すると、八木牧師や三芳新造さんは?」

と、金田一耕助がたずねる。

「はあ、おふたりのすがたはみえなかったようでした」

ちょうどそこへ緑ケ丘病院の佐々木先生が駆けつけてきたので、和子からのききとりはそれくらいにして、金田一耕助は島田警部補とその部屋へ入ってみた。

そこは主婦がちょっと化粧なおしをするていどの、せまい部屋になっており、ベランダと廊下を共有しているが、客間とのあいだにはドアもなかった。だから、だれかがさりげなく客間から廊下へ出て、廊下のドアから隣の部屋へ入ったとしても、客間にいるひとたちには気がつかないわけである。

むろん、刑事がすでにその部屋を、念入りに捜索していたが、犯人の遺留品らしいものはなにひとつ発見されなかった。

しかし、この事件からして世にも大胆な犯人がまだこの家のなかにひそんでいることが証明され、そのことが島田警部補をはじめとして、捜査陣をおそろしく緊張させると同時に興奮させたのである。

ところで、ボンちゃんの事件が起こったとき、客たちはいったいどこにいたか。島田警部補の質問にたいして、それぞれ答えたことばをここに記しておこう。

「わたしはここで恭子や沢村君と話をしていました」

これが三芳欣造氏の答えで、和子の陳述と比較しても、これはまずまちがいはない。

「三津木さん、あんたは……？」

「はあ、あの、あたしはお台所へレモン水をこさえにいってたんですの……」

「レモン水をこさえに……？」

「はあ、ボンちゃんがのどがかわいたというもんですから。……お水のなかへレモンの汁をしぼって、それへお砂糖をくわえた飲物が、ボンちゃんのいちばんの好物でございますから。……」

「ぼくは例によって、三津木さんのあとを追っかけようかどうしようかと、台所のそばまでいってたんです」

これが佐伯達人の答えである。さすがに二度の殺人事件に動揺しているのか、佐伯もいつもののんきらしいようすはなかった。

「八木さん、あなたは……？」

警部補のするどい質問にたいして、

「わたしはもういちど奈津子の死体にあってこようと、はなれへいくとちゅうでした」

「わたしは御不浄へいってました」

と、あいかわらず三芳新造氏が、しずんだ声でボツリとこたえた。

一四

殺人鬼がまだこの家のなかを徘徊《はいかい》している。そしてあやうくいまひとりの犠牲者を血祭にあげようとしたのだ。

警察官にたいしてこれほど大きな侮辱と挑戦がまたとあるだろうか。こうなったらもういっときもぐずぐずできない。今夜のうちにも犯人をとらえてしまわなければ、またどのようなことがもちあがるかもしれないのだと、捜査陣は怒りと緊張にふるえていた。

「三津木先生、さ、どうぞそこへおかけください」

だからもとの応接室へ三津木節子をむかえたとき、島田警部補の声は無慈悲なまでに冷酷だった。

「はあ。……」

と、ことばすくなにこたえて、もじもじとテーブルの前に腰をおろす節子の顔は、蠟《ろう》のように血の気をうしなってこわばっている。

星子の容態がもちなおしたうえに、佐々木先生が駆けつけてきたので、看護の役から解放された三津木節子は、あらためて島田警部補の前に呼び出されたのである。

金田一耕助はふかい興味をもって、このうつくしい家庭教師兼看護婦をみまもっている。

「三津木先生」

と、島田警部補はもういちどもったいぶった声をかけると、ぎこちなくのどにからまる痰をきって、

「この雑誌、あんたのものでしたね」

と、テーブルのうえにある婦人雑誌をたたいてみせる。

「はあ、あの……」

と、三津木節子は体をこわばらせて、消えいりそうな声である。

「この雑誌、ところどころページが切りぬいてありますが、これ、どうしたんですか。いや、その前にあなたはこの雑誌をストーブにくべようとなすったというが、それはどういうわけですか」

節子の顔面からはいよいよ血の気がひいていき、額の生えぎわにぐっしょり汗がにじみでている。彼女は指にまいたハンカチで、神経質らしく額の汗をぬぐいながら、

「はあ、あの……」

と、救いをもとめるような視線をちらとすばやく金田一耕助のほうへ送ると、それから、

「すみません！」

と、ふかく頭をたれて、ハンカチで眼をおさえ、さめざめと泣きだした。

金田一耕助はそのとたんなぜかどきっとして、思わず節子のようすをみなおす。いまの眼つきはどういうのか。すがりつくような、哀願するようなあのまなざし……この女はじぶんになにを求めようというのか。……

「すみませんだと……？」

と、島田警部補は真正面からきっと節子をにらみすえると、デスクのうえから大きく体をのりだして、

「すまないとあやまるところをみると、それじゃあんたが黄金の矢だということなんだね」

「いいえ、あの、とんでもございません」

と、節子はせつなそうに身をもんで、いよいよはげしく泣きだした。

「それじゃ、この雑誌の切りぬきはどうしたんだ。それにここに黄金の矢の密告状が一

通あるが、ここに用いた切りぬき文字は、用紙といい、活字といい、この雑誌とそっくりなんだぜ」

節子ははっとしたように顔をあげて、警部補のさしだした手紙に眼をやったが、すぐまた救いを求めるような一瞥を金田一耕助にくれると、またはげしく泣きだした。

そのとたん、金田一耕助は卒然としてあることに思いいたったのである。

「三津木先生!」

と、金田一耕助はそばから思わず大きな声をかけ、それから気がついたように警部補のほうをふりかえると、

「主任さん、ちょ、ちょ、ちょっとぼくに質問を許してください。ぼく、このひとにきいてみたいことがある。……」

「さあ、どうぞ」

島田警部補は山口刑事と顔をみあわせ、不思議そうにふたりのようすをみくらべている。

「三津木先生」

と、金田一耕助はやさしい声で、

「あなたはひょっとするとぼくのことをご存じだったんじゃありませんか。ぼくが三芳欣造先生のご一家と昵懇《じっこん》にしてるってこと。……」

「は、はい。……」

節子はまたひとしきりハンカチに顔を埋めて泣いていたが、がっくりと肩をおとした彼女のようすが、ほっとした安堵《あんど》の情を示している。

「それにぼくが三芳欣造先生の友人のために、いささか微力をつくしてさしあげたということも……」

「はい、それも……」

「だれにおききになったんですか」

「和子さんに……それから佐伯さんからも……」

節子はしだいに泣きやんで、はずかしそうに体をもじもじさせている。

「それから、あなたはお隣の三芳さんあての手紙が、しばしばまちがって三芳欣造先生のところへ配達されるということもご存じだったんですね」

「はあ。……」

「それも和子さんからおききになったんですか」

「はあ、和子さんからうかがったばかりでなく、星子さんのお稽古のかえりに、二、三度まちがって配達されたお手紙を奥さまからことづかって、お隣へおとどけしたこともございますから」

「あっはっは、そうですか。そうですか」

と、金田一耕助はおもしろそうに、もじゃもじゃ頭をかきまわしながら、

「そうすると、結局、この密告状はぼくの眼にふれるようにとお書きになったわけです

ね。いや、どうもありがとう」

　節子はいよいよはずかしそうに、ハンカチで顔をおさえたまま、消えもいりそうなようすである。

　島田警部補と山口刑事は眼をまるくして、

「金田一先生、そ、それはどういう意味ですか」

「いや、失礼しました。それじゃ説明申し上げましょう」

　と、金田一耕助はテーブルのうえにある手紙をとりあげて、

「じつはこのことはさっきも三芳先生のお宅で、先生にも申し上げたのです。いや、なかば申し上げたところへこちらからお電話があったので、しりきれトンボになったんですが……主任さんも刑事さんもすでにお気づきのように、いままでの黄金の矢の手紙は、必要な文字を全部新聞から切りぬいているのに、この手紙だけは新聞以外の印刷物、おそらく雑誌だろうと考えられるものから切りぬかれておりますね。そのことと……」

　と、金田一耕助は封筒の表を指さし、

「このあて名の住所氏名は、いずれも黄金の矢のほかの手紙同様、一画一画定規でひいたように正確に書いてありますね。ところがただ一字だけ、新というかんじんの文字だけが草書流にくずしてあって、欣という字と、ひじょうにまぎらわしく書いてあるでしょう」

「あっ、なるほど、なるほど。……」

島田警部補と山口刑事もうなずいた。

「そのことに、一週間ほど前この手紙を、欣造先生からおあずかりしてかえってから気がついたんです。そこで、そのことになにか意味がありはしないかと思って、今夜三芳先生の宅へ、先生のご意見もきかせていただこうと思って参上したわけです。ところがその話を切りだすまえに、先生のお話をうかがっていると、あのご一家、ことに奥さんの恭子さんは、とてもこちらの奥さん、的場夫人のことを心配していらっしゃるんですね。だれひとり頼りになるような相談相手のない、金持ちの、しかも子供のように天真爛漫で無邪気な未亡人。……そういう存在について、恭子夫人はたえずハラハラするような想いでみまもってらっしゃる。……と、そういう打ち明け話を三芳先生からうかがったものだから、ぼくはこういうふうに考えたんです」

と、金田一耕助はそこでひと息いれると、もじゃもじゃ頭をかきまわしながら、

「この手紙の作者は三芳新造さんあての手紙が、しばしば三芳欣造先生のお宅へまちがって配達されることをしっていた。そして、この手紙もそういうふうにまちがって配達されることを、望んでいたのではないか。そう思ってもういちど住所のところをみると、お隣は三〇七番、三芳先生のおたくは二〇五番ですが、三と二、七と五、……これがまたかなりまぎらわしくなってますね。ところが、かりにまちがって配達されても、三芳先生がまちがいと気がつかれてはなんにもならないから、そのためにも新と欣とをまぎらわしく、草書にくずしておく必要があったのではないか。……と、いうことはこの手

紙の原作者は、内容にあるような事実……それはちょっとじかにはいえない事実ですからね。それをこうして黄金の矢の名をかりて、的場夫人の同情者なる、三芳先生ご一家の注意を喚起してるんじゃないか。……と、そこまでは気がついたんですが、そのおくにもうひとつの目的、すなわち、このぼくがねらわれていたとは、……あっはっは、夢にも気がつきませんでしたね」

島田警部補と山口刑事はあきれたように眼をみはって、三津木節子を凝視する。はずかしそうにうつむいた節子のうなじは、火がついたように真赤になっていた。

「ところで三津木先生、あなたはこういう手紙を何通お出しになったんですか」

「三通……」

節子の声は消えいりそうである。

「そうすると、他の二通はただしくお隣へ配達されたわけですね。ああ、そうか。あなたはただしく配達されたらされたで、お隣のご主人の注意を喚起する結果になる。……と、考えた。つまり一石二鳥をねらわれたというわけですな。あっはっは」

金田一耕助はいかにもうれしそうに笑っている。

「三津木先生」

と、島田警部補は節子のほうへむきなおって、

「そうすると、こちらの奥さんとお隣の奥さんと……」

「いいえ、あの、もうそのようなことはおききにならないで。……過ぎ去ったことでござ

いますから……」

と、節子は世にもせつなげに身をちぢめて、

「そのことよりもあたしとしては、金田一先生に黄金の矢の捜査にのりだしていただきたかったものですから。……それでないと奥さまが、いつまでも黄金の矢のためにお金を脅迫されつづけなさいますかと……それが心配だったものですから。……」

「三津木先生、それじゃこちらの奥さんは、ほんとに金をしぼられていたんですか」

島田主任の声はきびしかった。

もし節子のことばが事実だとすると、ここにはじめて黄金の矢のために、じっさいに金をまきあげられていた被害者があらわれたわけである。

「はあ、そうじゃないかと思います。定規でひいたようなあて名の手紙……あたしそういうあて名が黄金の矢の手紙の特色だということをきいておりましたので……そういう手紙がくるごとに、銀行からかなりの金がひきだされ、どこかへ消えていくのに気がついたものですから。……」

「しかし、それならなぜ警察へ……？」

島田主任の声に非難するような調子がこもったのも無理はない。

「すみません。でも、奥さまがなんのかどで脅迫されていらっしゃるか、それがあたしにわかりませんから、……もし外聞にかかわるようなことが、世間へもれてはと。……その点、金田一先生ならば秘密を守ってくださると、和子さんや佐伯さんからうかがっ

ていたものですから。……」

　節子はそこでまたハンカチを眼におしあててすすり泣いた。

　ああいうまわりくどい姑息《こそく》な手段を講じているうちに、こんな大それた事件が持ちあがったことについて、後悔しているのだろうか。

「それじゃ三津木先生も、脅迫者がなにを武器として、的場夫人を脅迫していたかご存じなかったのですか」

　金田一耕助がたずねた。

「存じません。奥さまはいつも手紙をお読みになると、焼きすてておしまいになったようですから」

「三津木先生」

　と、島田警部補がひらきなおって、

「あなたは的場夫人の背中に、ああいう刺青があることをご存じでしたか」

「いいえ、とんでもない。あたしもうすっかりびっくりしてしまって。……それで気がついたのですけれど、奥さまはひょっとするとあのことで、脅迫されていらしたのじゃないかと。……」

「いや、それについてあなたにおききしたいんだが、奥さんはなにかハートのクイーンについて恐れをいだくとか、そんなことにお気づきじゃなかったですか」

「いいえ、べつに……」

節子は不思議そうに警部補の顔をみていたが、急に思い出したように、

「そうおっしゃれば、いちど不思議に思ったことがございます。奥さまはアメリカがえりでいらっしゃりながら、トランプ遊びがおきらいで、うちにトランプというものは一組もございませんの。ボンちゃん……星子さまがこのお正月に三芳先生のおたくでトランプ遊びをおぼえていらして、奥さまにおねだりになったんですけれど、どうしてもおききいれではございませんでした。ほかのことなら、どんなことでもおききいれなさいますのに。……」

それは単にじぶんの背中にある刺青を連想するからなのか、それともほかにもっとふかい秘密があるせいなのか。……島田警部補はおそらく後者だろうと解釈して、ひそかに山口刑事とうなずきあった。

「それじゃ、三津木先生、最後にもうひとつおたずねしたいんですが……」

と、金田一耕助がことばをはさんだ。

「はあ。……」

「こちらの奥さんはきょう八木先生に電話をおかけになるとき、飼犬に手をかまれたとおっしゃったそうですが、飼犬とはいったいだれのことだとお思いになりますか」

「はあ、あの、それは……」

と、節子はせつなそうにハンカチをねじりながら、

「やっぱりあたしのことではなかったでしょうか」

「あなたのことというと……？」

「はあ、奥さまはひょっとすると、その雑誌をごらんになったのではないでしょうか。そして、ところどころ切りぬかれているのをごらんになって、いままで奥さまを脅迫していた人間を、あたしじゃないかとお疑いになり、それで八木先生にああいうお電話をおかけになったんじゃございませんでしょうか。そして、もしそのことが今夜の事件の原因だとしたら、あたし奥さまに申しわけなくって……」

と、節子はハンカチで顔をおおうと、身をもみにもんで、さめざめと泣きだした。

一五

「金田一先生、いまの節子の話はほんとうですか。あなたの眼にふれるように、あんな密告状を書いたなんて……」

島田警部補はすくなからず不平そうである。

警部補は節子に一撃をくわえることによって、一挙に泥を吐かせるつもりだったのだ。しかも、どうやらそれは成功しそうな気配を示していた。もうひといきで節子の防衛態勢はくずれおち、なにもかもしゃべりそうなところまできていた。そのきわどい瀬戸際に、金田一耕助が妙なたすけ舟を出したのだから、警部補がおさまらないのも無理はない。

「だいたいまちがいないと思いますね。しかし、それだからといって、今夜の被害者とお隣の三芳夫人が、同性愛のたわむれにふけっていたかどうか、そこんところまでは保証いたしかねますがね」

「今夜の被害者が同性愛のたわむれにふけっていたとすれば、あいてはむしろいまの女じゃありませんかね。チャンスからいっても……」

「そうそう、八木牧師も同性愛のことをいうと、すぐ三津木節子の名をもちだしたね」

「それを隣の奥さんに転嫁しようとしたんじゃ……」

「いや、待てよ。ひょっとするとふたりとも的場夫人の愛人になっていたのかもしれない。それでおたがいにやきもちやいて、あいてをけおとそうとしていたのかもしれんぜ」

「あっはっは、こりゃあたいへんなことになってきましたな」

と、金田一耕助はふきだしそうな顔色で、もじゃもじゃ頭をかきまわしている。

「そうすると、的場夫人というのは、たいへんな淫婦《いんぷ》、しかも変態性淫婦ということになってきますね」

「そりゃそうですよ、金田一先生」

と、島田警部補は満月のような顔をひきしめて、

「どうせアメリカくんだりまで出かけて、サーカスではたらいていた女ですもの」

「それに、父親がだれだかわからぬような娘をうんだ女ですからね」

と、そばから山口刑事もつけくわえた。

「だけど、それでは動機はどういうことになりますか。同性愛の嫉妬が動機か、それともやはり、アメリカ時代の秘密が尾をひいて、ハートのクイーンが復讐されたのか……」

「さあ、それですて。畜生ッ、いやにこんがらがってきやあがった」

島田主任はいまいましそうにつぶやいたが、そこへ刑事がはいってきて、的場夫人の居間をくまなく調べたが、いまのところ脅迫状らしいものはどこからも発見されぬという報告だった。

さっきの三津木節子の話によると、的場夫人は脅迫状がくると、いつも焼きすてていたということだから、発見されないのが当然かもしれないけれど、それでは深井爺やが発見したあの一通はどうしたのか。

的場夫人がただ一通だけ保存しておいたのを、犯人が持ち出そうとしたのか。それとも、もっとほかにたくさん保存してあったのを、犯人がひっさらって逃げていくとちゅう、あの一通だけ落としていったのか。

それはともかく、なおいっそう綿密に捜索するように命じられて、刑事が出ていくのといれちがいに、ドアのすきからいわくありげな顔をのぞけたのは八木牧師である。

金田一耕助はいちはやくそれをみつけて、

「あっ、八木先生、なにか御用ですか」

「はあ、あの、ちょっと。……お耳に入れておきたいことがございまして、……こんなこと、参考になるかどうかわかりませんが……」

と、牧師の態度はさっきとすっかりかわっていた。さきほどの傲岸な面魂はどこかに消えて、妙に物思わしげな顔色だった。ことばつきもうってかわってていねいだった。

「ああ、そう、さあ、どうぞ。参考になるならぬは問題ではなく、なんでも気がついたところがあったらおっしゃってください。それを取捨選択するのがわれわれの務めですから」

「はあ」

と、八木牧師は窮屈そうに、大きなおしりを革いすにめりこませると、固いカラーのあいだへ指をいれて、二、三度首を左右にふった。あいついで起こった二つの事件に、さすが傲岸なこのひとも、息づまるような雰囲気《ふんいき》に圧倒されたのだろうか。

「で、耳に入れておきたいこととおっしゃるのは……？」

「はあ、じつはさきほどおききした同性愛うんぬんのことですが……」

と、そこでまた八木牧師は、固いカラーのあいだに指をいれて、二、三度首を左右にまわした。なんとなく居心地が悪いらしい。

「はあ、はあ、的場夫人の同性愛のことについて、なにかお気づきのことでも……」

「いや、いや、そうはっきりしたことでもないのですが……」

と、八木牧師は眼のやりばに困るように、鼻の頭にしわをよせ、あちらをみ、こちらをみ、あらぬかたに眼をやっていたが、

「さっきはあまりだしぬけだったので、つい激昂してすまなかったが、じつはわたし、

せんにいちど、奈津子に訴えられたことがあるんです」

「訴えられたって、なにを……？」

「つまり、その、手っとりばやくいえば、性のもだえというやつですな」

　とうとういってしまったというふうに、牧師はうすくそまったほおをなでながら、ふうっと嘆息するような息を吐いた。

「なるほど、なるほど。あの体ですからむりもないことですな」

　と、島田警部補がものなれた調子で相づちをうつ。

「つまり、その、なんですな、独身でいるのがつらい、やりきれない、というんですな。だから、結婚しちゃいけないかって、まあ、そういう相談をうけたことがあるんです」

「それで、だれか結婚したいあいてでもあって……」

　と、金田一耕助がそばから口をはさんだ。

　八木牧師はそのほうへ眼をむけたが、その視線はさっきのような不遜なものではなかった。どこか暖かみのあるまなざしだった。ひょっとするとむこうの客間で、だれかにこの男の素姓をきいてきたのではあるまいか。

「いや、候補者があっての相談なら、わたしももっと真剣になって話をきいてやったんです。なんならじぶんの手であいての身分性行を調査して、適当な人物なら賛成してやってもよかったんです。ところが奈津子のはそうじゃあなかった。ただもう、独身でいるのがつらい、やりきれない。そのつらさ、やりきれなさを慰めるためというか、鎮めるためというか、……つまり、さっきいったように性のもだえにたえかねて、結婚したいというんだから、これじゃちょっと賛成しかねるのも、無理はないとお思いになりませんか」

「なるほど、なるほど、それはごもっともです」

と、金田一耕助がうなずくそばから、

「ことに的場夫人が財産をもっているとあってはね」

と、島田警部補がいくらか皮肉をまじえたのを、あいては気がついたのかつかないのか、かえって素直にうなずいて、

「そうです、そうです。それがあるからやっかいなんです。おまけに子供のように無邪気で、天真爛漫で、いたってだまされやすい性質ときている。これじゃ危険で、とても奈津子の訴えに賛成するわけにはいきません」

「で、反対されたんですね」

島田警部補のひとみにはいくらか意地のわるい光がただようている。

「そう、反対せざるをえなかったんです。星子の将来のためにも……」

「それは無理のないところで……」

「あれも、……奈津子もあれはあれなりに、星子をとても愛していたんです。ながらくほったらかしてあっただけに、そして、星子がああいう体であるだけに、いったん手もとへひきとったとなると、猛烈にかわいくなってきたんですね。ああいう女の愛しかた

には、どこか動物的なところがある。だから、星子の名を持ち出されると、奈津子もすっかりしょげきって、結婚の希望を放棄せざるをえなかったわけです。かわいそうなことはかわいそうだったんですね」

「それはいったいいつごろのことですか」

金田一耕助がそばからたずねた。

「去年の春ごろのことでした」

「なるほど、それで……？」

「だから、その、つまり、なんですな」

と、八木牧師はまた眼のやりばに困るというふうに、顔をしかめて、もじもじしながら、

「結婚のほうは断念したものの、やはり、その……さっき申し上げた性のもだえというやつですな、それに敗れて同性愛の誘惑におちていったんじゃないかって、そんな気もせんことはないわけです。なにかこちらにれっきとした証拠があるとすれば……」

「つまり的場夫人には同性愛の誘惑におちいる下地というか、可能性というか、それが十分あったとおっしゃるんですね」

金田一耕助の質問はおだやかな調子だったが、どっかにきびしいものがあった。

「いや、十分といっていいかどうか……とにかく、ちかごろはいつ会っても、わりにさばさばした顔色をしておりましたからね。以前はしょっちゅういらいらした調子だった

ものだが……」

「つまり、なんらかの方法で性のもだえの解決をしていたらしいとおっしゃるんで？」

島田警部補の露骨な質問に、八木牧師はまた眼のやりばをうしなった。

「ところでどうでしょう。的場夫人が同性愛の悪癖におちていたとして、あいてはいったいだれだとお思いになりますか」

島田警部補の質問は、八木牧師をひどくおどろかせたらしい。茫然《ぼうぜん》と、大きくみはった眼でまじまじと警部補の顔をみすえながら、

「それじゃ、三津木節子ではないんですか」

「先生はやっぱり三津木節子だとお思いになりますか」

八木牧師はひきつづき警部補の顔をみつめていたが、急に狼狽《ろうばい》の色がほおを走った。

「いや、いや、いや、わたしにはよくわからない。あの娘はこの家に同居しているのだし、あのとおりきれいだし、ちょうど手ごろのあいてだと思ったものだから。……わからん、わからん、わしにはさっぱりわけがわからん」

八木牧師はまんまといっぱいひっかかったと思ったのだろう。金田一耕助をみる眼に一瞬さっと怒りの色が走ったかと思うと、吐き捨てるようにそういって、そのままあいさつもせずに、よたよたと部屋から出ていった。

「やっこさん、相当の役者ですぜ。ひと芝居うちにきやあがった」

「ひと芝居とは……？」

と、金田一耕助は不思議そうに山口刑事をふりかえる。

「なあに、動機を同性愛にふりかえようというんでさあ。われわれの眼をハートのクイーンからそらせて、同性愛の詮議《せんぎ》にむけさせようという腹ですぜ。そのほうがじぶんにとって有利だと、あれからあとで考えつきやがったにちがいない」

なるほど、そういう考えかたもあると金田一耕助もうなずいた。

「そういえば、さっきの激昂ぶりから考えて、豹変《ひょうへん》のしかたがはげしすぎるようだね」

と、島田警部補も同意する。

「そうですとも。だけど、やっこさんがああして動機を同性愛にふりかえたほうが有利だと考えたところをみると、きっとハートのクイーンについてなにかしってるにちがいありませんぜ。畜生、狸爺《たぬきじじ》いめ。なんとか泥を吐かせるくふうは……」

と、山口刑事ががりがり頭をかいているところへ、警官が新聞の綴込みをかかえて入ってきた。

「朝日、毎日、読売三紙の綴込みを持ってきましたが……」

「ああ、そう、御苦労さま、そこへおいてってください」

警官がドサリとテーブルのうえへ三紙の綴込みをおいて出ていくと、金田一耕助はすぐにページをくりはじめる。

「金田一先生、新聞になにか……」

「いや、いや、ちょっとしらべてみたいことがありましてね。しらべてもむだになるかもしれませんが……」

金田一耕助はまず読売の綴込みからくりはじめたが、あるページへくると、にやりと、うれしそうな微笑をうかべた。

「金田一先生、なにか……？」

島田警部補と山口刑事が左右から、新聞のうえをのぞきこむ。

「ほら、これ！」

と、金田一耕助が指さしたのは映画の広告の一部である。

それは『謎《なぞ》の死美人』という探偵《たんてい》映画の広告だったが、その宣伝文句のなかに、

『トランク詰めの刺青美人』

とある、その刺青美人という四文字を、金田一耕助の指が愛《め》でるようになでている。

「あっ、それじゃ、あの脅迫状の……」

と、島田警部補は息をのんだが、すぐさっき深井爺やが拾ったという黄金の矢の脅迫状をとりだして、刺青美人の活字とくらべてみる。それは似ているようでもあり、ちがっているようでもある。

金田一耕助はそのページを裏返して、刺青美人という活字のちょうど真裏にあたるところをしらべていたが、

「ああ、これじゃありませんね。主任さん、山口さん、朝日と毎日をしらべてください。これは三月八日づけの夕刊ですが、朝日、毎日の同じ日づけの夕刊にも、きっとこれと

同じ広告が出ているでしょうから」

島田警部補と山口刑事は、いそいでそれぞれの新聞をめくっていたが、

「あった！」

と、ほとんど同時に叫んだふたりの声は、興奮のために熱っぽくふるえていた。

「ありましたか。それじゃその刺青美人という活字の真裏をしらべてみてください。その脅迫状も刺青美人という切りぬきの真裏には、シルエという字が印刷されているようですが……」

「あっ、これだ！」

と、島田警部補がページを裏返して指さしたのは、シルエット香水の広告である。

「たおやかなるシルエットの匂い。……」

という宣伝文句のシルエットという字が、ちょうど刺青美人の活字の裏にきているのである。それは三月八日づけの朝日の夕刊で、活字の大きさといい、種類といい、脅迫状に用いられた切りぬきと、寸分ちがわぬものだった。

三人はしばらく無言のまま食いいるように、脅迫状の切りぬきと夕刊の広告面をみくらべていたが、やがて山口刑事が肩をゆすってつぶやいた。

「しかし、これはただこれだけのことじゃありませんか。この脅迫状の切りぬきの文字が、三月八日の朝日の夕刊から切りぬかれたということが、わかったというだけのこと。この緑ケ丘だけでも、朝日をとっているうちは何千軒あるかわからない。……」

「山口君！」

島田警部補はもえたぎる興奮をおさえようとして、かえって不自然な冷静さになっているのに気がつかなかった。

「きみには金田一先生の御注意がわからないのか」

「え？」

「金田一先生のおしえてくだすったのは、ただそれだけのことじゃあないんだ。脅迫状の消印の日づけをみたまえ」

山口刑事はまゆをひそめてあらためて脅迫状の消印をしらべていたが、急にドキリとしたような眼をあげた。

消印の日づけは三月七日である。

「山口君、三月七日に郵便局で受けつけた手紙のなかに、三月八日の夕刊の切りぬきが入っているのはどういうわけだね」

山口刑事は茫然たる眼で脅迫状の日づけをにらんでいたが、急に気がついたように新聞の綴込みを、逆の日づけにくりはじめた。『謎の死美人』の広告は、予告として三月二日に出ていたが、そこには刺青美人うんぬんの謳《うた》い文句はなかった。

島田警部補は脅迫状にはられた文字の、刺青美人の個所を電気の光にすかしてみながら、

「山口君、もうしらべる必要はないよ。表といい、裏面といい、これはあきらかに三月

八日の朝日の夕刊から切りぬかれたものなんだ。あとで水につけてはがしてから、もういちどよくしらべてみなければならんが。……しかし、金田一先生、ありがとうございました」

「いいえ、怪我の功名で……ぼくその映画をみたんですよ。広告の謳い文句につられてね。そのときは時間の浪費をしたと腹が立ったんですが、こんなところでお役に立とうとはね。あっはっは」

金田一耕助はにこにこしながら、ゆるゆるともじゃもじゃ頭をかきまわしている。べつに得意そうでもなかった。

「しかし……しかし、主任さん」

と、山口刑事は眼をとがらせてせきこんだ。

「これはいったいどういうことになるんです。三月七日に投函された手紙のなかに、翌日の夕刊の切りぬきが入っているなんて……」

「それはおおかた金田一先生が説明してくださるだろう」

島田警部補はじぶんの迂愚《うぐ》を自嘲するように、肩をゆすって耕助のほうをみると、

「金田一先生、どうぞ」

と、憤《おこ》ったようにぶっきらぼうな調子である。

「いやあ、これはどうも」

と、金田一耕助は照れくさそうに、もじゃもじゃ頭の毛をひっぱりながら、

「つまり、それはこうなんでしょう。犯人があまり上手にやってのけようとして、ちょっと足を踏みすべらせたというところでしょう。なるほど、三月七日の消印のある黄金の矢の脅迫状が、この家へ配達されたことは配達された。しかし、その封筒のなかにあった手紙はそれじゃあなかった。犯人はそれを持ち去って、その代わりに三月八日以後につくったその手紙を、すべりこませておいたということになるんでしょうな」

「と、いうと、この手紙はわざとあそこに落としていったと……」

と、山口刑事が歯を食いしばる。血のしたたりそうな熱っぽい調子だった。

「そうです、そうです。と、いうことは、そこに書いてあることは、こんどの事件になんの関係もない、おそらく犯人のでっちあげた架空のロマンスじゃあないかということになる。捜査陣の眼をまちがった方向へみちびくためのね。そして、その脅迫状が捜査陣の眼をくらますためだとしたら、ハートのクイーンうんぬんのことは、こんどの事件になんの関係もないのではないか。すくなくとも的場夫人はそのことで恐喝されているのではなかった。的場夫人が恐喝されている理由はもっとほかにあり、そして、ほんものの脅迫状を犯人が持ち去ったとしたら、的場夫人が恐喝されていたその理由こそ、今夜の殺人の動機につながっているとみてよいのではないか。……」

それは島田警部補や山口刑事にむかって話すというよりも、じぶん自身にいってきかせ、じぶんの話すところを吟味し、たしかめてみるという話しぶりだった。

それから金田一耕助は急にいたずらっぽい眼の色をして、

「山口さんはさっき八木牧師のことを、動機を同性愛にふりかえようとしているのだ、われわれの眼を、ハートのクイーンからそらさせて、同性愛の詮議にむけさせようとしているのだとおっしゃったが、どうやらこれでまた、ひっくりかえってきたようですね」

「するとあんたは……いや、先生は……」

　と、山口刑事はあわてていいなおしたが、それでもいどむような眼つきを耕助にむけて、

「真の動機はやはり同性愛にあり、それから眼をそらさせるために、ハートのクイーンうんぬんのロマンスをつくりあげたというんですね」

「いや、真の動機が同性愛にあるかどうか、それはぼくにもまだわからない。しかし、ハートのクイーンうんぬんが、真の動機でないことだけはうなずけそうですね」

「しかし、先生」

　と、島田警部補は当惑したように、腕をくんだ右手であごをなでながら、

「それにしちゃ、なぜあんなに手数をかけて、ハートのクイーンをねらわなければならなかったんです。おなじ殺すにしてももっと簡単な方法が、いくらでもありそうなものじゃありませんか」

「そうです、主任さん、あなたのおっしゃるとおりです」

　と、金田一耕助はしずんだ調子で、

「問題はその点にあるんですね。なぜあんなややこしい殺しかたをしなければならなか

ったか。麻酔をかけて眠らせて、のどを締めて窒息させて、それから矢で突き殺す。……犯人はなぜそんな手数のかかることをやらねばならなかったか。……」

金田一耕助がぼんやりそんなことをつぶやいているところへ、せかせかとした足取りで入ってきたのは、緑ヶ丘病院の佐々木先生である。

「やれやれ、この家はいったいどうしたというんだ。死神でもとりついているのかね。ひと晩にふたつの命だ。これじゃなんぼおれが不死身だってやりきれんぜ」

と、投げ出すようにわめいてから、急に気がついたように三人の顔をみまわした。

「島田君、いったいどうしたんだね。みんな不景気なつらをしてるじゃないか。まるでお通夜みたいに。……いや、失敬、失敬、お通夜にゃちがいないがね」

「佐々木先生」

と、島田警部補がきびしい顔をしてたずねた。

「あの少女はどうですか」

「まあ、大丈夫だろうな、今夜のところは……」

「今夜のところというのは……？」

と、金田一耕助がききとがめた。

「なあに、おふくろのことがばれたときのショックが恐ろしいというんですよ。センシブルな娘ですからね。それに……」

と、佐々木先生は意味ありげに、ギロリと島田警部補をにらんだ。

「それに……？　なんですか。佐々木先生」

と、島田警部補がぼんやり考えごとをしながらたずねた。

「なんですかじゃあないよ。島田君、死神をとっつかまえないかぎり、何度おれが駆けつけたっておなじことだというんだ」

そうだ、その死神はまだこの家のなかをほっつき歩いているのだと、島田警部補はかあっとほおを紅潮させた。

「ボンちゃん、いまどうしてます」

金田一耕助がたずねた。

「薬で眠らせておきましたよ。おふくろのことをききたがるとやっかいですからね。沢村君と和子さんがつきそってる。まあ、あのふたりなら死神である気づかいはありませんからね。まあ、問題は一刻もはやく死神をとっつかまえることだな。そうたびたび呼び出されちゃたまったもんじゃない」

佐々木先生はぶつくさいいながら出ていきかけたが、急にドアのところで立ちどまると、

「そうそう、ボンちゃん、さっき妙なことをいったっけ」

「妙なことって？」

金田一耕助がききとがめると、佐々木先生は小指をまげて小鬢《こびん》をかるくかきながら、ちょっとたゆとうような眼つきをして、

「トランプのことだがね。ボンちゃん、こういうんだ。トランプの数は十三枚じゃなかったのよ。十五枚だったのよ。あたし、ちゃんとかぞえたのよ。……ってそういうんだ。いったいいなんのことだかね」

金田一耕助はぎょっとしたように佐々木先生の顔をみなおした。

「ボンちゃんが……そんなことをいったんですか」

「ああ、そういったんですよ。夢とうつつの境でね。わたしにゃなんのことかさっぱりわからんが……島田君、それじゃおれはこれで失敬する。書類はあとでとどけることにするが、これ以上、ひっぱりだしにこないでくれ」

佐々木先生のうしろすがたを、金田一耕助は茫然たるまなざしでみおくっていたが、とつぜんもじゃもじゃ頭へつっこんだ五本の指が猛烈ないきおいで旋回しはじめた。ガリガリバリバリと蓬髪《ほうはつ》をみだして、めったやたらと頭をかきまわすその運動は、かれがようやく真相につきあたったことを示しているのである。

一六

いちじ停頓状態にあった警官たちの動きが、急に眼にみえて活発になり、あわただしく玄関を出たり入ったりする気配が感じられたかと思うと、それがまたぴったりととまって、あとはしいんと息づまるような静けさである。

的場家の客間に缶詰《かんづ》めにされたひとびとには、警官たちのそういう動きが、いちいち敏感にひびいてくるのである。警官たちの動きがはげしければはげしいように、鳴りをしずめればしずめたように、そのつど不安な心の動揺をしめして、たがいに顔をみあわせる。

マントルピースのうえにある置時計は十一時五分をしめしている。その時計の時刻をきざむ単調な音が、そこにたむろしている七人の男女の心臓に、重っくるしい運命のくさびをうちこんでくるのである。

七人の男女とはピアニストの三芳欣造氏夫妻と、そのひとと一字ちがいの三芳新造氏夫妻、それから三津木節子と佐伯達人、いまひとりは牧師の八木信介氏である。

このなかでいちばん落ち着いているのは三芳欣造氏だったが、それでもなおかつ、ときおり不安そうにそっと一同の顔をみまわしたりせずにはいられなかった。だれだって殺人犯人と同席しているという意識のもとにあっては、そう落ち着いてはいられないだろう。

恭子夫人はだいぶん落ち着きをとりもどしている。良人がそばにいてくれるかぎり、彼女はいよいよ日ごろの落ち着きをとりもどすだろう。良人を信頼し、よりかかっていられる妻はしあわせなるかなである。ときどきそっと良人と顔をみあわせて、微笑をかわしたりした。

これに反してもうひとりの三芳夫人は、いまだにときおり、泣きじゃくりをするようにぴくりと体を痙攣《けいれん》させる。

同性愛うんぬんの忌《いま》わしい疑いがいまだに自尊心を傷つけ、ぶすぶすと心のなかでいぶっているのだろうか。なるべく三津木節子のほうをみないようにしているが、それでも彼女にたいする嫌悪感はおおえなかった。はやくうちへかえりたいと駄々をこねては、良人の新造氏にたしなめられていた。

三津木節子は蠟人形のように血の気をうしなった顔色をして、ぼんやりとじぶんの前方をみすえている。

おそらく彼女はなにをみているのでもなく、心のなかで今夜のいきさつを、くりかえしくりかえし反芻《はんすう》しているのであろう。放心したような眼でいながらも、ときおりぴくっと体をふるわせて、反射的に二階のほうへ眼をやるのは、星子のことを気にしているのか。

佐伯達人は気づかわしそうな眼で、そういう節子を観察している。

佐伯ははじめてこの家へ招待されてきたとき、まず節子のうつくしさに心をひかれた。それからついでこの家における彼女の立場に同情せずにはいられなかった。

的場夫人はけっして悪い主人ではなかった。無邪気で天真爛漫で子供のように善良だった。だが、それだけにこまやかな思いやり、デリカシーに欠けるところがたぶんにあった。それに教養のなさからくる野鄙《やひ》な言動には、どうかすると鼻持ちのならぬことがあった。ほかの奉公人たちもかならずしも節子を尊敬しておらず、よくあれでしんぼうができると思われるような場面にぶっつかることが一再ならずあった。

彼女ほどの教養と聡明《そうめい》さを持っていれば、そこまで屈辱をしのばなくとも、いくらでもほかに働きぐちがあるだろうにと、それにかこつけそれとなく愛情をうちあけてみたこともあった。しかし、節子はてんでそれをうけつけなかった。いや、うけつけるうけつけないよりも、かれの申し出《い》でがてんで通じないような顔色をしていた。それがいっそう佐伯をもえあがらせるのである。

節子がいちど結婚の経験を持つ女であることは、佐伯も的場夫人からきいてしっていた。あいてがどういう男だったのか、そこまでは的場夫人もしっていなかったが、さんざん彼女をくるしめたのち、ほかに女をこさえて逃げたらしいということを、的場夫人からきいたことがある。

しかし、そんなことは佐伯にとっては問題ではなかったのだ。恋愛問題、ことに結婚生活についてはじぶんも前科者なのだ。現にそのあいてを節子もよくしっている。いまはサバサバとした友人関係になっていることも、節子もしっているはずなのだ。

節子の過去にどのような男がいようとも、佐伯は問題にしなかった。とにかくかれは節子がほしいのだ。彼女とならうまくいきそうな気がしているのだ。恭子夫人……かれの長所も短所もいちばんよくしっているはずのかつての配偶者が、そういってはげましてくれるのだ。その女は現に年齢こそちがえ、理解のある配偶者をえて、あのように幸福そうなところをみせつけているではないか。じぶんたちだってそれに応酬《おうしゅう》してわるいという法はどこにもない。

それにもかかわらずこの女は、じぶんに心の扉をひらいてくれない。じぶんがこんなに焦《じ》れきっており、彼女のためにナイトになろうとあせっているのに、ひとり孤独のかららのなかにとじこもっている。

いったい、なにがじぶんを押しのけるのか。いや、それより前に、なにが彼女をいままでこの家へひきとめたのか。……

女に夢中になっている男ほどエゴイストはない。げんざいの佐伯達人にとっては、的場夫人の死も、ひよわいボンちゃんの将来も、いっさいが空《うわ》の空である。ただ、問題は三津木節子だけ。いかにして三津木節子の心をつかみ、応という返事をうるかだけが問題なのだ。

こういう切実な佐伯達人の、ひたむきな思索を思いやりなくさまたげるのは八木牧師である。

さっきからかれは両手をうしろに組んで、ホールのなかをいきつもどりつ、対角線をえがいて歩きまわっている。じぶんのその行動がいかに佐伯をなやませ、いらだたせているかもしらないで、からくり人形のようにただ部屋のなかをいきつもどりつするばかりである。八木牧師は後悔しているのかもしれない。的場夫人の性のもだえについてよけいなおしゃべりをしたことを。……

とつぜん、ホールのドアがひらいて、和子と沢村君が入ってきた。

ふたりはちょっと、ホールのなかの静寂に圧倒されたようなかたちだったが、和子はすぐに父と継母のそばへ駆けよった。

「どうしたの、ボンちゃんは……？」

欣造氏と恭子夫人がともに腰をずらして席をゆずったので、和子は遠慮なくそのあいだにわりこんだ。

「いいえ、いま病院から看護婦さんがきてくだすったの。それにおまわりさんがついてるから大丈夫なんですって」

「ボンちゃんはよく眠ってますよ。あのぶんなら大丈夫ですよ」

と、沢村君もソファのうしろにきてささやいた。

「それに警察のかたから、なにかお話があるから、ここへきて待ってるようにって」

和子のささやきをきいたとたん、そこにいあわせたひとびとは、いちようにぎくっと体をふるわせた。さきほどから鳴りをしずめていた警官たちの動きとにらみあわせて、いよいよ大詰めへきたらしいことが、だれの胸にもぴいんとひびくのである。

やがて、応接室のドアのひらく音がして、数名の足音がこちらへちかづいてきた。

いちばん先頭に立ったのは捜査主任の島田警部補である。極度の緊張に満月のような顔がこわばって、ときどきほっぺたがひくひくと痙攣する。あまりもったいぶっているので、かえってガニ股の歩きかたが目についておかしかったが、だれも笑うものはなかった。

島田警部補のうしろから、金田一耕助があいかわらず飄々《ひょうひょう》として入ってくる。そのとたん、佐伯達人がつと立って、まるで護衛をするように三津木節子のうしろへまわったので、金田一耕助はにやりと笑った。

金田一耕助のうしろにつづいた山口刑事は、ぐるぐる巻きにした新聞の綴込みをわしづかみにしているが、それがなにを意味するのかだれにもわからなかった。ほかの刑事や警官たちは、ものものしい顔色で、ぐるりとホールをとりまく態勢をとった。

「いや、どうもお待たせいたしました」

と、ホールの中央に突っ立ったまま、島田警部補はぐるりと一座をみまわすと、だれにともなく頭をさげた。

金田一耕助はすましこんで、いままで佐伯達人が腰をおろしていた、居心地のよさそうなアームチェアーを占領している。

山口刑事はあいかわらず、新聞の綴込みをわしづかみにしたまま、金田一耕助のいすのそばへきて立った。その顔色には耕助にたいするふかい讃美のいろがきざまれ、もし何者かが耕助を襲撃しようとこころみるなら、身をもってまもろうという気構えがうかがわれる。

「どうもこれは非常にむつかしい事件でしたが……」

と、島田警部補はぎこちなく空ぜきをしながら、

「さいわいここにいられる金田一先生のおかげで、思いのほかはやく事件の核心をつか

むことができたのは、自他ともになによりのしあわせでした。それではこれから金田一先生から、この事件の謎を説明していただきますから、なにとぞ御静聴をねがいます」

島田警部補のことばをきくと、金田一耕助は思いもよらぬというふうに狼狽《ろうばい》して、

「しゅ、しゅ、主任さん、そ、それはいけませんよ。それはあなたのお口から。……」

「いいえ、金田一先生、これはやっぱりあなたのお口からご説明ねがいましょう。わたしの説明じゃうけうりだから、はたしてみなさんを納得させることができるかどうか。……」

「先生、話してください。さっきのあのすばらしい話を……」

と、そばから山口刑事も激励した。

「いや、どうも。これはおどろきましたな。こんなことならさっさと逃げだしておくんだった。つい、結果をたしかめたいと欲張ったら、とんでもないことになっちゃった」

金田一耕助が照れて、もじゃもじゃ頭をやけにかきまわすのを、三芳欣造氏がほほえましくみやりながら、

「金田一先生」

と、眼じりにしわをたたえながら声をかけた。

「はあ」

「お忘れになっちゃいけませんよ」

「はあ、どういうことですか」

「わたしはあなたの依頼人ですからね。依頼人が調査の結果をきくべく要求するのは、当然の権利だとお思いになりませんか」

「いやあ、これはどうも。……」

「金田一先生、お話しになって」

恭子夫人もこの男が非常な照れ性だということはきいていた。手柄話や自慢話をしなければならぬだんになると、大照れに照れるのだということを、良人からきいてしっていたので、やさしく励ますような眼をむけた。

「いや、どうもおどろきましたな。主任さん、おぼえてらっしゃい」

と、金田一耕助はちょっとにらむようなまねをしたが、島田警部補はきっとくちびるをへの字なりにまげて、正面をきったまままじろぎもしない。それほどこの事件の真相は異様で、それからうけたかれのショックは大きかったのだ。

「いや、失礼いたしました。それじゃ、僭越《せんえつ》ながらわたしからお話し申し上げましょう」

と、金田一耕助はハンカチで、額ぎわの汗をぬぐいながら、

「なあに、こんどの事件解決の第一の功労者というのはぼくではなくて、ボンちゃんなんですね。ボンちゃんのするどい観察眼にあって、さすが佞奸《ねいかん》な犯人の計画もみごとに粉砕されたというわけです。それと犯人のいきすぎということ。……計画的犯罪というやつは、それがうまく計画されていればいるほど、犯人の自己陶酔をさそうんですかね、ついやりすぎて失敗することがあるんですが、これなどもそれの典型的な一例ですね」

金田一耕助はそこで一同の顔をみまわすと、またちょっと照れたようにもじゃもじゃ頭をかきまわし、

「ま、あだしごとはそれくらいにしておいて、それではボンちゃんがなにを観察しておいてくれたか。……沢村君」

「は、は、はあ！」

だしぬけに名前をよばれて沢村君は、どぎまぎしたように金田一耕助のほうをふりかえった。そして、あいての視線に気がつくと、りんごのようなほっぺたにみるみる血の色がはしっていった。

じつをいうと沢村君は、あまり身をいれて金田一耕助の話をきいていなかったのだ。かれの注意力はもっぱら和子嬢のふくよかな横顔にうばわれていたのである。

金田一耕助はしかしさあらぬていで、

「ボンちゃんは人事不省から意識を回復しはじめたとき、妙なことをいったそうですね」

「妙なことって？」

「いや、ボンちゃんはこういったそうじゃありませんか。トランプの数は十三枚じゃなかったのよ。十五枚だったのよ。あたしちゃんとかぞえたのよう……って」

「ああ、そうそう、そんなことをいってましたね。和子さん、あなたもきいたね」

「はあ」

と、ことばすくなにこたえて和子は体をかたくする。

「これはいったいどういう意味でしょう。ひょっとするとボンちゃんは、三芳さん……三芳新造さんが部屋へ入って、死体がだれだかたしかめているあいだに、廊下から刺青されたトランプの数をかぞえてみたんじゃないか。みなさんの御承知のとおり、ボンちゃんはまだあの死体がじぶんのママだとしっていない。それだけにボンちゃんは冷静に、死体の状態を観察するよゆうを持っていた。そして、ぼくはボンちゃんの観察力を信用するものなんです。なぜってボンちゃんはあの矢がハートのクイーンに突っ立っていたってことまで、ちゃんと観察していましたからね」

部屋のなかにはしわぶきひとつきこえない。異様にさえかえった緊張が、息苦しいまでの沈黙を一同に強いているのである。

「もし、かりに……」

と、金田一耕助がことばをついで、

「ボンちゃんのかぞえたトランプが、十一枚だったり、十二枚だったりしたんだったら、これは問題になりませんね。あとの一枚なり二枚なりは、ボンちゃんの眼のとどかないところにあったと考えられるわけですから。しかし、ボンちゃんはトランプのかずは十五枚あったと主張する。しかも、じっさいに発見された死体、いまはなれによこたわっている死体には、トランプのかずは十三枚しかない。では二枚のトランプはどこへ消えたか。いや、どうして消えたのでしょうか」

「金田一先生、どうして二枚のトランプが消えたんですか」

三芳欣造氏は大きく眼をみはって金田一耕助のくちびるをみている。その顔にはふかい驚愕の色がかくしきれない。いや、これは三芳欣造氏のみならず、大部分のひとの顔にあらわれた表情だった。

「いや、それを説明申し上げる前に、いささか観点をかえて話をすすめていきましょう。そもそも的場夫人の肌にああいう刺青があることは、ボンちゃんでさえしらなかったくらいの秘密になっています。おそらくそれをしっていたのは、ここにいられる八木牧師くらいのものだったでしょう。いや、ちょっと……八木先生、もうしばらくわたしの申し上げることに耳をおかしください」

と、金田一耕助はなにかいおうとする八木牧師をかるくおさえて、

「的場夫人はことほどさように刺青をひたかくしにかくしていた。ところがここにひとりだけ、八木牧師以外に的場夫人の刺青について、しってるんじゃないかと思われる人物があるんです」

「だれですか、それは……？」

と、八木牧師がまゆをひそめた。

「同性愛のあいてです。かりに的場夫人が同性愛の悪習にそまっていたとしたらですね」

金田一耕助がことばをきると同時に、肌をさすような沈黙が、いたいほど一同のうえにせまってきた。

佐伯達人と沢村君、それから和子の三人はまだそのことをしらなかったから、びっく

りしたように金田一耕助の顔をみなおした。三芳欣造氏と恭子夫人は、さすがに三芳新造氏夫人のほうをふりかえるようなまねはしなかったが、なにかしらどきっとしたような眼をみかわせた。

三津木節子はあいかわらず蠟のようにあおざめた顔で、どこをみるともなくひとみをすえている。その横顔をみまもる八木牧師の顔色には、不快な疑惑のいろがたゆとうている。

三芳新造氏夫人の悦子は消えもいりたげに肩をすぼめて、しかもその肩はこまかくふるえていた。三芳新造氏の眼は日ごろの虚脱状態からさめたかのように、ぎらぎらともえて金田一耕助の横顔をみつめている。焦げつくような視線というのはこういうのをいうのだろう。

「さて、同性愛のあいては的場夫人の肌に、あのような刺青があることはしっていた。しかし、的場夫人はあくまでもああいう刺青があることを恥としているので、同性愛のあいてといえども、はっきりそれをみせなかった。だから同性愛のあいては的場夫人の背中にトランプちらしの刺青があることはしっていたが、はっきりそれが何枚あるかしらなかったのではないか。目分量でだいたい十四、五枚と考えたのでしょう。あるいはまさかアメリカがえりの的場夫人が、十三枚なんて縁起でもないかずを刺青しているはずがないとでも考えたのかもしれませんね」

金田一耕助の推理はしだいに核心にふれてくる。だれもまだはっきりと金田一耕助の論理の方向をみさだめたものはなかったが、今夜の殺人事件になにかしら巧妙なトリックが用いられたらしいこと、またそのトリックにトランプの刺青が利用されたらしいことだけは理解できるのだ。

一同はかたずをのんで金田一耕助の論理の展開に耳をかたむけている。

「さて、こんどは的場夫人のがわから話をすすめましょう。的場夫人は同性愛のたわむれに夢中になっていた。おそらく彼女は同性の愛人に相当多額の金品をささげていたのでしょう。ところが、とつじょとして的場夫人はその愛人の恐ろしい裏切行為に気がついた。すなわち、その同性の愛人こそ黄金の矢であり、じぶんをさんざん搾取《さくしゅ》していた人物であることに気がついたのですね」

恐ろしい戦慄が緊迫した広間のすみからすみまでみなぎりわたる。三芳欣造氏さえあおざめて、ぐっしょり汗ばんだ手をにぎりしめている。

「的場夫人は子供のように無邪気で天真爛漫で、また、だまされやすい性質の婦人でした」

金田一耕助はものうげな調子でこの恐ろしい秘密の暴露にことばをつづける。

「しかし、かつてサーカスの女王とうたわれた過去を持つ彼女は、いっぽう牝豹《めひょう》のような闘争心を持っていたにちがいない。だまされた、裏切られた、まんまと翻弄《ほんろう》されていたとしったとたん、彼女はおそらく復讐の鬼と化したのでしょう。そこであるいはじぶんの恥辱を犠牲にしてでも、その女の面皮《めんぴ》をひんむかずにはいられない衝動を感じたのではないですか。それが今夜のこの集まりの動機であり、飼犬に手をかまれたといったのも、同性の愛人に裏切られた、いや、裏切られたばかりではなく、翻弄され、恐喝されていたということを意味していたのではないでしょうかねえ」

「金田一先生、それで的場夫人は今夜なにをやらかそうとしたんですか」

と、三芳欣造氏がたずねた。

「さあ。……」

と、金田一耕助はぼんやり頭髪をかきまわしながら、

「それはわたしにもわからない。的場夫人が死亡したいまとなっては、それをしるよすがもなくなったわけです。ただ想像できることは夫人はじぶんを裏切った同性の愛人、すなわち、黄金の矢をみなさんの前にひきずりだして、その面皮をはぎ、さんざんこきおろすつもりだったんだろうということです」

「それをあいてに先手をとられたというわけですね」

と、三芳欣造氏がともすれば渋滞しがちになる耕助を、はげますようにことばをつよめた。

「そうです、そうです、そういうわけです。あいてのほうが役者が数等うわてだったんですね。的場夫人はそんなこととは気がつかずに、なにくわぬ顔をして、同性の愛人をはなれへよびよせておいたんですね」

「はなれへよびよせておいた……?」

八木牧師が意外そうに眼をみはってつぶやいた。それからちらと三津木節子のほうをみたが、すぐにその眼をそらし、ぎこちない空ぜきをした。

「ええ、そう、まさかじぶんの計画があいてに感づかれていようとは思わなかったんですね。そこが無邪気で子供みたいなひとだから。……ところが悪事にかけては的場夫人など足もとにもおよばぬあいては、そのとき、恐ろしい計画を持っていた。夫人がはなれへやってくると、いきなり麻酔薬で眠らせてしまった。それから、夫人を素っ裸にするとその体を寝室のほうへかくしておき、じぶんも上半身裸になった。その背中には共犯者……あるいはこのほうが主犯といってもよいのですが……その人物によってトランプの絵がかいてあった。テンペラ絵具で十五枚。……そこでその婦人はあの姿見の前へいって、はんぶんに切りおとした矢を赤いパテをつかって、ハートのクイーンのうえにくっつけた。おそらくそれにはなんども練習したことでしょう。こうして準備ができあがると、電気にいたずらをして、台所のメーンスイッチのヒューズをとばした。すなわち、これがそのとき客間にいた共犯者、すなわち主犯者にたいする準備完了の合図だったんですね」

恐ろしい沈黙と緊迫が……細胞のひとつひとつをゆさぶるような戦慄《せんりつ》が、どすぐろく、おもっくるしく客間のうえにのしかかってくる。

ひとびとはみないちように眼にみえぬ動きをしめしていた。

刑事や警官たちはあるふたりの人物にたいして、しだいに包囲の態勢をしめし、ほかの客たちは声なき恐怖の叫びをあげて、そのグループからはなれるようにいすをずらせる。山口刑事は新聞の綴込みをわしづかみにしたまま、金田一耕助を護衛する気勢をしめした。

一七

金田一耕助はれいのものうげな調子で話をつづける。

「さて、それからあとはみなさんもご存じのとおりです。ふたたび電気がついたとき、ボンちゃんがはなれへいきたがった。いや、いきたがるように主犯の人物がサゼストしたんですね。そこで主犯の人物が、ボンちゃんの車いすを押してはなれへいく。すると、ドアがあいていて、部屋のなかに共犯者が矢の折れはしを背中にくっつけてむこうむきに倒れている。ボンちゃんはその女の顔をみなかったけれど、てっきり背中にトランプちらしの刺青をした女が、矢で突き殺されていると思ったんですね」

「それじゃ……それじゃ……」

と、三芳欣造氏がしぼりだすようにつぶやいた。

「そのときボンちゃんの目撃したのは、的場夫人でもなければ、また、その女は死んでもいなかったんですね」

「そうですよ、三芳先生、それ以外に刺青されたトランプが二枚消えたという謎の説明のしようはありませんからね。それに、ボンちゃんはまだはなれで殺されているひとをじぶんのママさんだとはしらない。しらないからよいようなものの、もしそれをしったら、じぶんの目撃した女との肉体的相違に気がつくかもしれない。なにしろあのとおり敏感な少女ですからね。だからその前に犯人はボンちゃんの口を封じておく必要があったんです」

またしても肉体をゆさぶるような戦慄が、ひとびとの背筋をつらぬいて走る。戦慄はあとからあとからこみあげてくる。

「それから……それからどうしたんですか」

三芳欣造氏はできるだけ落ち着こうとつとめていたが、それでも声はふるえていた。

「それから、ボンちゃんはみずから車いすを運転して、おもやのほうへしらせにいく。そのあとでふたりの共犯者の大活躍がはじまるわけです。まず、寝室にかくしてあった裸体の的場夫人をひきずりだし、まず主犯の男が絞め殺しておいて、それからさっき共犯者がボンちゃんにみせておいたとおりのポーズをとらせて、ハートのクイーンのうえから、ぐさりと用意の矢を突っ立てる。……」

「あっ、金田一先生、ちょっと。……」

と、そばから口をはさんだのは佐伯達人である。

「犯人はなんだってそんなややこしいことをしたんですか。矢でえぐるだけで殺害の目的は十分はたせるんじゃないでしょうか」

いくらか挑戦するような口ぶりだったが、その挑戦はむしろ好意的なものだった。

金田一耕助はものうげに首を左右にふり、

「犯人は被害者ののどに男の指の跡をはっきりのこしておきたかったのです。つまり犯行は男の手によってなされたということをしめしておきたかったんですね。被害者を眠らせておいて、眠っている被害者を矢で突き殺すくらいのことなら、婦人の手によってでもおこなわれる。もし同性愛うんぬんのことが暴露したばあい、同性愛のあいての婦人に疑いがかかるかもしれない。ところがそのあいての婦人にはアリバイがない。……」

「わかりました！」

と、佐伯達人が率直に同意を表明した。

「つまり、男の犯行であることをしめすことによって、アリバイのない共犯者をかばい、また共犯者は共犯者で、擬装死体をつくりあげることによって主犯のアリバイをつくったというわけですね。なあるほど」

「そして、アリバイの証人としてあの可憐なボンちゃんがえらばれたというわけですね」

と、三芳欣造氏は額からしたたりおちる汗をハンカチでぬぐうた。

三芳欣造氏のような善良な良識家にとっては、この計画はあまりにもどくどくしくて悪魔的だった。しかも、それがじぶんと一字ちがいの名を持つ男によって演じられたのだと思うと、全身をゆさぶるような恐怖と嫌悪《けんお》感《かん》をおぼえたのも無理はない。

「そうです、そうです。ボンちゃんはまだ子供だし、それにああいう体だから敏速な行動はとれない。だから理想的な証人としてえらばれたんでしょうが、いずくんぞしらん、ボンちゃんこそ、犯人たちにとって、もっとも恐るべき敵だったんですね。ボンちゃんはトランプのかずをかぞえていたのみならず、突っ立った矢の根もとから、あぶくのように血がもりあがっていたというようなことまで観察しているんですが、じっさいの死体はほとんど出血していなかった。ボンちゃんは矢をくっつけた粘着剤の赤いパテをみて、血だと思ったんですね」

佐伯達人がうなずいて、

「金田一先生、犯人の行動はそれでわかりましたが、共犯者はそれからどうしたんですか。裸のまま逃げだしたんですか」

佐伯の声音にはかるい皮肉がこもっていたが、それは金田一耕助にむけられたものではなく、共犯者にむけられたものだろう。

「いや、共犯者は全裸ではなかったのです。ボンちゃんのみた擬装死体が、下半身を毛布でおおうていたのは、あまり露骨な姿態をしめすことをひかえたというより、おそらく下半身に男のズボンをはいていたのを、かくすためだったろうと思います。だから、ボンちゃんが立ちさると、共犯者はすぐ立ちあがり、あとは万事主犯にまかせて、じぶんは男の外套をひっかけ、眼鏡をかけ、はなれの部屋をとびだすと、わざと廊下の右にあるドアをひらいて、爺やの深井英蔵にちらと男のすがたをみせておいた。つまりあくまでこの事件が、男ひとりの手によってなされたと思わせるためですね。それから改めて左のドアから出ていったのですが、そのときそいつは大きなエラーをやらかした……」

「エラーというのは……？」

佐伯達人の質問である。

「主任さん、さっきの手紙を読んでください」

「はっ！」

緊張に硬直した島田警部補は、ポケットから深井爺やのひろった手紙をとりだすと、ぎこちなく空ぜきをしながら、

「刺青美人よ、ハートのクイーンを忘れるな。近日参上、挨拶を待つ。……黄金の矢」

それだけ読みあげるとくちびるをへの字なりにむすんで、その手紙をうやうやしく封筒におさめ、だいじそうにポケットにしまうと、そのうえから二、三度かるくたたいた。

「金田一先生、いまの手紙がエラーというのは……？」

「それはこうです。犯人はボンちゃんにトランプちらしの刺青をした女の擬装死体をみせておきたかった。しかし、意味なく女を裸にしたのでは、そこから疑惑をまねくかもしれないと考えたんでしょうね。裸にするには裸にするだけの意義をつけておきたかった。そこでハートのクイーンをねらったようにみせかけたんですね。ところがそこまで考えてくると犯人にはまた欲がでて、ハートのクイーンをねらったという意義をよりいっそう強調しようと考えついたのでしょう。ところがいっぽう的場夫人の同性愛のあいてだった共犯者は、的場夫人が黄金の矢からきた脅迫状の、さいごの一通だけはだいじ

に保管していることをかぎつけたんですね。的場夫人はそのころはじめて黄金の矢の正体をしった。そこでそれまでいつも焼きすてていた脅迫状のさいごの一通だけは、後日の証拠にととっておいたんでしょう。この事件の犯人たちは、その脅迫の封筒を利用することを思いついたんですね」

金田一耕助はそこでひと息いれると、

「そこで例によって新聞を切りぬいて、いま、主任さんが読みあげたような脅迫状をつくりあげておいた。そして、あらかじめそれを用意してきた共犯者は、的場夫人に麻酔をかけると、そこらじゅうをさがして……いや、あるいは的場夫人のほうから、麻酔をかけられるまえに保存しておいた脅迫状をつきつけたかもしれない。……とにかく、脅迫状を手にいれると、なかみをすりかえてわざとそれを左のドアの外へ落としていった。つまり、これによっていよいよハートのクイーンうんぬんのフィクションを強調しようとしたんですが、ここで大きなエラーをやったというのは……主任さん、あなたからみなさんに話してあげてください」

金田一耕助は長話につかれたのか、そこで説明を島田警部補にゆずった。

「はっ！」

島田警部補がテキパキとした調子で、封筒にある消印と、なかみに使用された新聞の切りぬきの日づけとのあいだに致命的な誤差があることを指摘すると、一同はしいんとしずまりかえった。それこそ針一本落ちてもきこえるような静けさだった。

「なるほど。犯人……いや、犯人たちはやりすぎたんですね。いささか策を弄《ろう》しすぎたというわけですな」

佐伯達人がボツリとつぶやいた。

「そうです、そうです」

と、金田一耕助はものうげな調子で、

「ところで、これがあとから捏造《ねつぞう》された手紙だということになると、そこからふたつのことがわかりますね。犯人は真の動機からわれわれの眼をくらまそうとしているのにちがいないから、ハートのクイーンはこんどの事件に、かくべつの意味はないのだということ。それからもうひとつ、共犯者なり犯人なりが、あらかじめ今夜ああいう手紙を用意してきたところをみると、その連中は的場夫人に麻酔をかけて……あるいは殺害してから裸にしてみて、はじめて夫人の肌にああいう刺青があるのをしったのではなく、前からしっていたということを意味していますね。それをしりうるものは同性愛のあいてしかないということになって、そこで話はもういちど最初にかえるわけです」

金田一耕助のながい説明はこれでおわった。語りおわった耕助は疲れていくらかぼんやりしていた。眼のふちにくろい隈《くま》さえうかがわれた。

金田一耕助がこのながい説明をしているあいだ、もっとも驚嘆すべき態度をみせたのは犯人として指摘されている三芳新造氏だった。

はじめのうちかれもちょっと動揺の色をみせたが、すぐ落ち着きをとりもどすと、学者然とした、いくらか気品のあるおもてに、ふてぶてしい皮肉な微笑をふくんでいた。そして、かたわらに顔をおおうてふるえている悦子夫人に、おりおりしかりつけるような、またたしなめるような短いことばをかけた。

やがて金田一耕助のながい説明がおわり、ひとびとの視線がいっせいにじぶんのほうへむけられるのをしると、かれはしぶい微笑を口もとにうかべた。

「いやあ、たいへんおもしろいフィクションをきかせていただきましたが、要するにフィクションはフィクションですな。金田一先生はアマチュアでいらっしゃるから、どんな空想をえがかれようと自由ですが、まさか専門家でいらっしゃる警察のかたがたが、そのようなフィクションを信用なさろうとは思われませんな」

「それをわれわれが信用するといったらどうなんだ」

あまりしゃあしゃあとしたあいての態度に、山口刑事がたまりかねたのかいたけだかになった。

三芳新造氏は肩をすくめて、

「これはおどろきました。専門家があのような妖言《ようげん》にまどわされようとは。……しかし、警察のかたがたがそれをとりあげる以上、仮説、セオリーだけではいけませんな。われわれ夫婦がフィクションの主人公だとしたら、なにかたしかな物的証拠が必要ですな」

言下に山口刑事がぐるぐる巻きにした新聞の綴込みをひろげたが、なかからあらわれたのははんぶん焦げた細い棒で、それはあきらかに矢の焼けのこりであった。

「これがきみんとこの湯殿のたき口から発見されたんだが、これをどういうふうに釈明するね」

三芳新造氏はまた肩をすくめて、

「これはおどろきましたな。これはあきらかに人権蹂躙《じゅうりん》だが、それはよいとしてもそのつまらない棒の焼けのこりが、なにかの証拠になりますか」

山口刑事はもえあがる怒りをおさえて、むりに押しだすような声を出した。

「これがきみの細君がパテで背中へくっつけていた矢のもえのこりなんだ！」

「刑事さん」

三芳新造氏は平然として、

「あんたもどうやら妖言にまどわされたひとりのようだが、かりに金田一先生のフィクションが事実としても……かりにですよ。あの話が事実としても、ボンちゃんのみた矢がそれだというたしかな証拠がありますか。そんなものならどこにでもあるとはいわないが、うちの家内もここの奥さんについて弓の稽古をしていたんでね、矢の一本や二本、うちにあったところで不思議はないじゃありませんか」

山口刑事はギリギリと奥歯をかみならして、

「そ、それじゃこれはどうだ。これはきみんちの湯殿からみつけてきたんだが、ここについている赤や青の絵具はどうしたんだ。これは君の細君が背中にかいたトランプの絵を洗いおとした……」

と、山口刑事が突きつけたのは、まだ湿りけののこっているタオルだが、なるほどそれには赤や青の絵具の色がのこっている。

しかし、三芳新造氏は眉根《まゆね》ひとつ動かさなかった。

「これはいよいよおどろきました。これじゃ人権擁護の訴えでも出さねばなりませんな」

と、せせら笑って、

「ねえ、刑事さん」

と、もったいぶっていすから体をのりだした。

「わたしは画家なんですよ。テンペラ絵をかくんです。ちかごろじゃ売れないので大した商売にはならないが、それでもやはりかいてることはかいてるんですよ。タオルに絵具がついてたところでべつに不思議はないどころか、むしろ当然の話じゃありませんか」

山口刑事は激昂して、なにかはげしいことばを投げつけようとしたが、金田一耕助が身振りをもってそれをおさえた。

「奥さん、いいえ。三芳新造さんの奥さんですがね」

だしぬけに名をさされて悦子はぎくりと顔をあげた。悦子はさすがに良人ほど糞度胸は持っていなかったが、それでも、

「はあ……」

と、こたえて真正面から金田一耕助の顔をみすえた落ち着きには、舌をまかせるに十分なるものがあった。

「ぼくはあなたにおわびをしなければならない。たいへん失礼なまねをしたんでね」

「失礼なまねとは……？」

と、悦子は警戒の眼をひからせながらも、うすく片えくぼをうかべている。

「いやあ。いまこの席へつく前に、ぼくおくさんのうしろをとおったでしょう。そのとき、抜襟《ぬきえり》をしていらっしゃる奥さんの首筋をのぞいたんです。テンペラ絵具というやつはお湯につかって、石鹸《せっけん》で洗ったくらいじゃ落ちないものとみえます。むこうに婦人警官が待ってるんですがね。双肌《もろはだ》ぬいでひとつ背中をおみせになっていただけませんか。あなたが潔白でいらっしゃるなら、それくらいの御協力をしてくだすっても……」

三芳悦子にとっては、それが最後の決定的な打撃となったようだ。

悦子が悲鳴をあげてとびあがるのと、

「この野郎！」

と、三芳新造氏がこぶしをかためて、金田一耕助のほうへ突進してくるのとほとんど同時だった。

金田一耕助はうごかなかった。いたって居心地のよいいすに腰をおろしたまま、手錠をはめられた三芳新造氏が、数名の刑事にささえられたまま、阿修羅《あしゅら》のようにあばれまわるのを、人間の形相《ぎょうそう》とはこうも一変するものかと、物悲しい気持ちでみまもっていた。

「悦子！　悦子！　なにもいうな。こいつはカマをかけているんだ。しゃべっちゃいかんぞ。なにもしゃべるな。うったえてやる！　うったえてやる！　どいつもこいつも人権蹂躙でうったえてやる！」

　三芳新造氏のさいごのむなしい怒号にたいして、

「だって、あなた、だって、だって、あなた！」

と、悦子は酸素の欠乏した金魚のように、口をパクパクさせながら、

「あなたがはやくかえってきてくださらないからよ。かえってきてアルコールでふきとってくださらないからよ。ああ、もう、だめ！　だめよ！　だめよ！　もうだめよ！」

とつぜん悦子は床のうえに身を投げだした。それから両手で髪の毛をかきむしり、口から泡をふきながら、蛇のように身をくねらせて床のうえをのたうちまわった。

「ヒステリー性の発作ですよ」

と、若い沢村君がささやいて、小鳥のようにおののく和子を、ひしとばかりに抱きしめていた。

　それはだれしも二度とみたくないと願うような、世にもあさましい、そしてこのうえもなく凄惨《せいさん》なながめであった。

一八

　ひさしく緑ケ丘町をおおうていた、黄金の矢の脅威はさった。

　的場夫人がじぶんの恥を犠牲にしてもと決心していたとおり、彼女の生前のスキャン

ダルはすっかり明るみに出てしまった。

的場夫人は八木牧師のいわゆる性のもだえにたえかねているところを、三芳悦子のたくみな誘惑に乗じられたのである。むろん悦子は良人の三芳新造と共謀だった。

それから以後の的場夫人は悦子に夢中になってしまった。夫婦共謀とはしらぬ的場夫人はさんざん悦子にいれあげた。しかし、悦子のがわでもしぼるといってもおのずから限度があった。あまりえげつなく金品をねだって、内かぶとをみすかされるのも困るのである。

そこで考え出されたのが黄金の矢である。

――あなたがお隣の三芳悦子夫人と同性愛のたわむれにふけっていることを、だれもしるまいとお思いでしょうが、黄金の矢はちゃんとしっている。いつ幾日、どこそこへいくらいくらの金を埋めておかなければ、三芳新造氏はいうにおよばず、このことをひろく世間へ吹聴します。

黄金の矢

こういう手紙が的場夫人の手もとへ舞いこみはじめたのは、それからまもなくのことである。

的場夫人はむろんこれが三芳夫妻の奸計《かんけい》とはしらないから、悦子にみせて相談する。

すると悦子はふるえあがって号泣するのだ。

「ああ、奥さま、もしもこんなことが世間にしれたら。……いえ、いえ、奥さまのためならば、世間からうしろ指をさされるくらいは覚悟の前ですけれど、もしも良人にこれがしれたら……良人は怖いひとです。日ごろはおとなしやかなひとですけれど、いったん怒ればなにをしでかすかしれないひとです。そうなればあたしはもう奥さまにお目にかかることができません。どうぞ、どうぞ、奥さま、悦子がかわいいとおぼしめしたら、このようなこと、だれにもしれないようにとりはからってくださいまし。そして、いつまでもいつまでも悦子をかわいがってくださいまし」

悦子にかきくどかれるまでもなく、的場夫人も恥をしっている。そこで手もなく黄金の矢に恐喝されつづけていたのだ。こうして的場夫人は三芳夫妻から二重に搾取されていたわけである。

しかし、黄金の矢の鋒先《ほこさき》がいつまでも的場夫人だけにむけられていたとしたら、いかに子供のように無邪気で天真爛漫な夫人でも、いつかは三芳夫妻の奸計に気がつくだろう。そこでそれをカモフラージュするためにも、黄金の矢の鋒先は他の方面へむけられなければならなかった。

「それじゃ、金田一さん、われわれはつまり的場夫人のとばっちりをうけていたというわけですか」

と、この話をきいたときには、さすがに三芳欣造氏も唖然《あぜん》とした。

金田一耕助はむつかしい顔をして、

「先生のばあいはおそらくそうでしょう。単に的場夫人の疑いをさけるためのカモフラージュとして、槍玉にあげられたのでしょう。しかし、恐喝者たちは的場夫人で味をしめていた。人間というものが案外秘密の暴露によわいものだということをしっていた。だから、なかにはほんとうに、的場夫人以外に恐喝されていた人物がないともかぎりませんね。ああして三芳新造が、しょっちゅうバケツをぶらさげて馬糞だの腐葉土を拾いに歩いていたところをみると……」

「あっ！」

と、とつぜん恭子夫人が叫び声をあげた。

「それじゃ、あれは……」

「そうですよ、奥さん。あれは埋められた財宝を掘りだしにいくときの予備行動じゃなかったのでしょうか。あの男はいつもバケツをさげて歩いている。あれは馬糞や腐葉土を集めて歩いているのだという評判になれば、そのバケツの腐葉土の底に埋められた札束がかくされていても、だれも気がつかないわけですから。……」

恭子夫人はことばもなかった。あまりにも犯人、あるいは犯人たちの深慮遠謀に息もつけなかったくらいである。

「なんとね」

と、三芳欣造氏も吐き出すようにそうつぶやいただけである。

「しかし。……」

と、金田一耕助は物思わしげにことばをついで、

「的場夫人以外に恐喝されていたひとがあったとしても、それはおそらく明るみに出ないでしょうね。犯人が口をわらないかぎり。……そして、ぼくはそうあることを望みたいと思うのです」

三人はそれからしばらく無言でいたが、やがて思い出したように、三芳欣造氏がゆっくりいった。

「的場夫人はじぶんが埋めた札束を、あの男が掘り出すところをみたんじゃないかな」

それにたいして金田一耕助がことばをつけくわえた。

「おそらくそうでしょう。うすうすそれと気がついて、夫人はその場所を監視していたのかもしれない」

「そして、男のほうでも夫人にみられたということをしって、対抗策を練っていたわけなのね、きっと」

と、恭子夫人はハンカチをまさぐりながら、いまさらのようにさむざむと肩をふるわせた。

この事件のあとでいちばん憂慮されたのは、ボンちゃんの健康状態だったが、思いのほか彼女は強靭《きょうじん》だった。恐ろしいショックにもよくたえしのんだ。

それには三津木節子の献身的な介抱と同時に、彼女にたいするボンちゃんのふかい愛

情と信頼が、大きにあずかって力があるようだった。

的場夫人が死亡してから一ヵ月ほどのちのこと。あの客間ではボンちゃんの全快祝いが催された。その席に集まったのはボンちゃんのほかに八木牧師に三津木節子、佐伯達人に沢村君、それから三芳欣造氏夫妻と和子、それに金田一耕助の九人だった。

その席上で八木牧師がとつぜん妙なことをいいだした。

「三芳先生、あなたにおりいってお願いがあるんですがね」

「はあ、どういうことでしょうか」

「そこにいるボンちゃんのことですがね。奈津子が亡くなったいまとなっては、当然わたしが星子を後見しなければならぬわけです。しかし、わたしはじぶんにその資格のないことを痛感するものです。星子はわたしを信頼しない。星子はわたしを誤解し、恐れている。それも無理のないところで、感じやすい少女の前で、みせてはならぬ態度をわたしが示したのだから。……それに……」

と、そこで八木牧師はいくらかいいしぶったのち、

「わたしは悔い改めて神のしもべとなったものです。はじめからわたしは星子の後見人になる資格はないのです。そこで三芳先生にお願いしたいというのは、こんご星子の財産管理から身のふりかたまで、いっさいあげて先生に後見をお願いいたしたいのですが。……」

「そ、そ、そんな……そんな……」

この思いがけない、唐突な申し出に三芳欣造氏も、驚愕し、狼狽し、周章《しゅうしょう》して辞退した。

「いいえ、三芳先生」

と、八木牧師はしっかりと、決心の色をおもてにみせて嘆願した。

「先生の御迷惑は重々わかっております。しかし、これは先生におすがりするよりほかにみちはないとお思いください。むろん先生のほうから御相談があったばあいは、わたしも相談にのらせていただきます。しかし、だいたいのことはいっさい先生と奥さんにおまかせしたいと思うのです」

「いいな、いいな、いいですね。先生、それはぜひおひきうけなさるんですね」

と、とつぜん横から陽気な声をあげたのは佐伯達人だった。

「それはぼくからもぜひお願いしたいですな。それというのが……」

と、佐伯はちょっとかたくなり、それからいくらか気取ったようすで、ふたり並んですわっている節子とボンちゃんをあごでしゃくった。

「そこにいらっしゃるおふたりさん、すなわちボンちゃんと三津木先生ですがね。このおふたりさん、どうもひきはなせそうにないんですね。三津木先生がぼくの、その、なんですな、つまりプロポーズにたいしてですね、いままで色よい返事をしてくれなかったというのも、ボンちゃんがどうなるかってことが気にかかったからだそうです。そこでぼく考えたです。将を射んとせばまず馬を射よとのことわざがありますからね、そのことわざにしたがって、まずボンちゃんをくどいたところが……」

と、佐伯がいまやじぶんたちの世にも真剣な問題を告白しようとしたせつな、とつじょとして、

「ああら、失礼ね、ボンちゃん、馬なの？」

と、思いがけなく味方とたのむボンちゃんよりするどい抗議が提出されたので、そうでなくとも逆上気味の佐伯達人は、たちまちしどろもどろとなった。

「ああ、いや、なにさ、つまりその、なんだな、あっはっは」

と、わけのわからぬことをいい、ばかみたいな声をあげて笑ったので、一同どっと快い笑いに誘われた。うつむいて真赤になっている三津木節子でさえ、ハンカチで口をおさえて、笑いをかみころすのに苦労しなければならぬようすだった。

「佐伯君、それでどうしたの。あとの話をききたいね。ボンちゃんをくどいたところが……」

と、三芳欣造氏が眼じりにしわをたたえて、おだやかに助け舟をだしたので、やっと哄笑《こうしょう》の渦がおさまった。

「はあ、あの、それが何《なん》なんです。ボンちゃん、ごめんよ。ことほどさようにきみというひとが、三津木先生にとってたいせつな存在だという意味なのさ。わかった？」

「そんならいいわ」

と、ボンちゃんは鼻の頭にしわをよせて車いすのなかでにやりと笑った。

佐伯達人は沢村君にさんざんひやかされながら額ににじむ汗をぬぐって、

「そこで、その、何なんです。馬ならぬボンちゃんをくどいたところが、わたしもいっしょに暮らせるなら、三津木先生と結婚してもいいというお許しが出たんです」

「つまり馬が射たれたのよう」

と、ボンちゃんがすましていったので、またみんなどっと哄笑した。

「あっはっは、なるほど、それで三津木先生もきみとの結婚に同意したというわけなんだね」

「はあ、つまり、そ、そういうわけなんです」

と、佐伯達人はやっと汗をふきおわった。

「それはおめでとう。節子さんもおめでとう。恭子、おまえからもお祝いをいわなければ。……」

「佐伯さん、おめでとうございます。三津木先生もほんとうに。……」

と、恭子はちょっとのどをつまらせた。

恭子にとってはなんといっても気にかかるのは佐伯達人の身のおさまりだった。かつて夫婦とよばれたふたりの、じぶんだけが幸福になり、あいてがいつまでもひとりでぶらぶらしているということは、なんといっても恭子の心のしこりになっていた。だから彼女は心の底からお祝いをいうことができるのだった。

ほかのひとたちもくちぐちにお祝いのことばをのべ、節子もひかえめながらもうれしさをかくすようなことはしなかった。

「いや、みなさん、ありがとうございます。ところがですね」

と、そこで佐伯達人はまた改めてひらきなおった。

「問題はボンちゃんの財産にあるわけです。ボンちゃんには莫大な財産がくっついているということ。それがぼくにしろ、節子君にしろ気になるわけです。それにだいいちぼくは後見人というがらじゃない。だから、先生、ボンちゃんの身柄はぼくたちがひきうけます。そのかわり、ボンちゃんの後見人の役は先生と奥さんでひきうけてあげてください。財産の管理やそのほかいっさいのこと。……われわれはボンちゃんを女王さまのようにたいせつにしますから。……」

「ボンちゃんは……ボンちゃんはなにも女王さまみたいにされなくてもいいのよ」

ひとびとの善意に感動して、ボンちゃんがいまにも泣きだしそうになったとき、

「いいなあ、いいなあ、いいですなあ。三芳先生、それはぜひおひきうけなさるんですね」

と、そばからはしゃいだ声をあげたのは、若い沢村君だった。

「そのかわりボンちゃんの健康はおよばずながら、ぼくがひきうけます。ボンちゃんはぼくにとってたいせつな患者さんなんですからね。ボンちゃんはきっと健康になる。それにボンちゃんは聡明でいい子なんだから、いまにきっとボンちゃんを好きになる男の子ができますよ。いや、ぼくがきっと善良で、信頼できる男の子をさがしてきて。……」

と、沢村君が調子にのっておしゃべりをしていると、とつじょとしてボンちゃんが恐ろしいことをいいだした。

「いやよ、いやよ、沢村先生、そんなことというなら、ボンちゃん、先生の秘密を暴露しちゃうから」

「あれ、ボンちゃん、怖いことというね。ぼくになにか秘密があるの？」

「そうよ、あたしちゃんとしってるわよ」

と、ボンちゃんは車いすのなかでにやりと笑った。

「ボンちゃん、ボンちゃん、沢村君の秘密ってのはどんなことだい。ぼくにそっとおしえておくれよ」

さっきの敵討ちとばかり、こんどは佐伯達人がはしゃいでひざをのりだした。

「いいわ、あたし、ここで暴露しちゃうわ。あたし、あの晩……ママがなにした晩、ここからちゃんとみてたのよう。うっふっふ」

「ボンちゃん、ボンちゃん、なにをみてたんだい。沢村君の秘密をみてたのかい。いったいそれはどんなことだい」

佐伯はいよいよひざをのりだし、沢村君はなんだかしりがこそばゆそうである。

「それはねえ」

と、ボンちゃんは俄然《がぜん》小悪魔のように、鼻の頭にしわをよせてにたりと笑うと、急に思い出したように、小首をかしげて金田一耕助のほうをふりかえった。

「そうそう、金田一先生、先生はボンちゃんの観察眼とてもするどいってほめてくださったでしょ」

「そうそう、そのするどい観察眼をはたらかして、ボンちゃんはあの晩なにをみたんだね」

と、金田一耕助もにこにこ笑った。

「それはこうなの。あの晩、停電になるすこし前よ。沢村先生と和子お姉さまがつれだって、そこのフランス窓からお庭へ出ていったのよ。そしてふたりならんでお庭のはしっこまでいったの。すると、急に沢村先生が立ちどまって和子お姉さまのほうをふりかえったの。そしたら和子お姉さまも立ちどまって、しばらくむかいあって立っていたわ。ところがボンちゃんがちょっとよそみをしているうちに、和子お姉さまがどこかへ消えちまったの」

「和子お姉さまが消えちまったって？」

佐伯達人が子細らしく首をかしげた。

「そんなばかな。和子お姉さましゃがんで花でも摘んでたんだろう」

「ううん。そうじゃないのよ。おじさま、和子お姉さま、ほんとにどこにもいなかったのよ。そいでいて沢村先生だけは身動きもしないで立ってるの。それでボンちゃん、変だなあ、和子お姉さま、どこいったのかしら、沢村先生なんだって、あんなにじっと立ってるのかしらと思ってよくよくみたところが……」

「よして！　よして！　ボンちゃん、よして！」

と、とつぜん和子が金切り声をあげて叫んだ。どういうわけか和子の顔は火がついたように真赤になっていた。

「ボンちゃん、ボンちゃん、よしちゃだめよ。和子お姉さまが消えちまっちゃ困るじゃないか」

「そうよ。ボンちゃんもそう思ったのよ」

「それでよくみると……？　どうしたの？」

「和子お姉さま、やっぱりそこにいたのね」

「そこにってどこにだい」

「沢村先生の腕のなかに……だからふたりがひとりにみえたのね。ずいぶんながいことひとりにみえてたことよ」

わっと叫んで沢村君は頭をかかえ、

「ボンちゃんの意地悪！　ボンちゃんの意地悪！　もう鶴を折ってあげないから」

と、和子はしどろもどろになって、子供のけんかみたいなことを口走った。

そこでまた快い哄笑の渦がまきおこったが、三芳欣造氏もじぶんの娘と沢村君のふたりが、ながいことひとりにみえる状態にあったということにたいして、かならずしも反対でない証拠には、眼じりにしわをたたえた上きげんな顔色でもわかるのだ。

恭子夫人もじぶんの継子の真赤になった耳たぶのうぶ毛が、キラキラ陽にすけてみえるのを、うつくしいものとみなおさずにはいられなかった。

三津木節子はやさしく微笑し、佐伯は佐伯でボンちゃんのするどい観察眼をほめたたえることによって、若いふたりの前途を祝福した。

こうしてひとしきり快い哄笑が一座をゆすぶったが、それがようやくおさまったとき、八木牧師がもういちど、三芳欣造氏夫妻にむかって、さっきの嘆願をくりかえした。

そのひとみに白いものが光っているようなのをたしかめたとき、金田一耕助がボソリといった。

「三芳先生も奥さんも、八木先生のお申し出を快くおうけしてあげるんですね」

それから数日ののち、金田一耕助が三芳家を訪問したとき、欣造氏はだいたい八木牧師の申し出をひきうける気になっていたが、恭子夫人はさすがに女で、八木さんの気持ちがわからないと、しきりにそのことを気に病んでいた。

すると、金田一耕助がそれをなだめて、厳粛な顔をしてつぎのようなことばを吐いた。

「奥さん、そんなこと気になさらないで、すなおに八木先生のお願いをきいてあげるんですね。八木先生はこんなことをいってましたね。じぶんは悔い改めて神のしもべになったものだから、ボンちゃんの後見人になる資格はないって。そのことばの意味がおわかりにならないなら、こんど八木先生とボンちゃんがいっしょにいるとき、ふたりの耳をみくらべてごらんになるんですね。ふたりともたいへんかっこうのいい、特徴のある耳を持ってるんですが、そこにいちじるしい相似と共通点のあることを発見なさるでしょう」

三芳欣造氏と恭子夫人が唖然として手を握りしめるのをしりめにかけて、金田一耕助はぴょこりとおじぎをすると、そのまま飄々として緑ケ丘の春風のなかへ出ていった。

黒い翼

一

世の中にはときどき妙なもの、変なことがはやることがある。

あとから考えると、どうしてあんな妙なもの、あんな変なことがはやったのかと思われるようなことが、そのときの大衆の心理的空虚だの不安だのにつけこんで、燎原《りょうげん》の火のごとくあれよあれよとひろがっていく。

ひところはやった幸運の手紙などもそのたぐいである。

この手紙をうけとったあなたは、あなたの七人の友人にたいして、これとおなじ手紙を出しなさい。そうすればあなたに幸運が訪れてくるでしょう。この幸運の手紙の鎖をたちきってはなりませぬ。……と、いうやつである。

人間の心理のなかにはたなボタ式の僥倖《ぎょうこう》をいのる願望と同時に、眼にみえぬ災難を恐れる不安がつねに巣食っている。幸運の手紙のさいしょの創作者は、たくみにそういう人間の願望と不安の心理をついたものといえる。

あなたに訪れるであろうという幸運をこいねがう願望に、この鎖をたちきってはなりませぬという一句からくる、もし鎖をたちきって眼にみえぬ災難を招いては……という不安の心理が拍車をかけて、ひとびとは筆をとって、七人の友人にやくたいもない手紙を書くという寸法である。こうして幸運の手紙はあの当時、地球を一周したということだ。

　だが、この幸運の手紙などは、当時これをうけとったひとびとにとっては、迷惑千万な話だったろうけれど、これからお話しする黒い翼の流行からくらべると、罪の軽いほうだといわねばならぬ。

　少なくとも幸運の手紙のばあいには、命令どおり七人の友人に手紙を書いて義務をはたしたひとびとに、ひょっとするとどこからか、思いがけない幸運がまいこんでくるかもしれんぞという、淡い希望を持たせただけでも、世の中を明るくしたといえるかもしれない。

　それに反して黒い翼の流行には、みじんも明るい希望や期待はない。そこにはまがまがしい脅迫と、どすぐろい呪詛《じゅそ》以外のなにものもなかった。

　黒い翼とは誰《た》がいいそめたかよく命名した。それは烏羽玉《うばたま》のように真黒に墨でぬりつぶしたハガキのうえに、とかげの腹のように不吉にひかる鉛筆で、つぎのような文句が書いてあるのだ。

> このハガキをうけとったあなたは、ただちに七人の友人にたいして、これとおなじような黒いハガキを出さなければなりません。もしそれを怠ると、あなたのあの恐ろしい秘密が暴露し、それからひいて流血の惨事がもちあがるでしょう。なお、このハガキを破りすてたり、焼きすてたりしても、同じ災厄を招き

ます。


こういう悪意と呪詛にみちた文句を、真黒に墨でぬりつぶしたハガキのうえに、鉛筆でしたためたところに、黒い翼の考案者の味噌《みそ》があるのだろう。

じっさい、真黒なハガキをうけとったひとびとは、だれでも、まずそれだけでギクッとばかりに、不吉な思いにうたれずにはいられない。さらに読みにくいその鉛筆文字を、陽の光や電気の明りですかして読んでいくうちに、ふたたびギョッと息をのむ。

あなたのあの恐ろしい秘密とはなにをさすのか、あのことではないか、ひょっとするともうひとつのあれではないか。……と、このハガキをうけとったひとびとは、だれでもまず、ひとにしられたくない過去ならびに現在の秘密を、あれやこれやと思いくらべて、ひとしれず恐れおののく。

そして、さらにそのあとへつづく、

「それからひいて流血の惨事がもちあがるでしょう」

というおどし文句にふるえあがり、あわてふためき七枚のハガキを買ってくると、まず真黒にぬりつぶし、鉛筆のさきをなめながら、おなじ文句をしたためて、なるべくたくさん秘密を持っていそうな七人の友人をえらんで発送する。

それをうけとった七人の友人のうちのあるものの不安と恐怖は、そのハガキの筆者よりもさらに大きいかもしれない。

あなたのあの秘密とはてっきりあのことにちがいない。そして、その秘密をしる何者かが、昔流行した幸運の手紙の形式をかりて、じぶんを脅迫しようというのではないか。だが、それにしてもあの秘密をかぎつけたのはいったいだれか。AかBか、それともひょっとするとC子ではないか。……

と、そのひとはハガキの筆跡から筆者をつきとめようと、怒りと恐れに胸をふるわせながらも、なにはともあれ、流血の惨事などはまっぴらだとばかりに、これまたあわてふためき、七枚のハガキを真黒にぬりつぶし、なんの罪もない不幸な七人の友人にあてて、悪意と呪詛の矢をはなつ。

こうして、世に秘密を持たぬ人間なんて絶対にありえない以上、不吉なハガキがまたたくひまに、幾何《きか》級数的にふえていくのは当然で、やがてまがまがしい黒い翼は、無気味な鉛筆の色をひからせながら、日本国中をとびちがい、おおいつくした。

この際、いちばん多くの迷惑と災難をこうむったのは有名人だ。

黒い翼には差出人の名がない。だから、いちど襲撃をうけたあるひとが、いちおう七枚のハガキを発送し、やれやれこれで厄《やく》のがれをしたかと、ほっと胸をなでおろしているところへ、またぞろべつの方面から、黒い翼のお見舞いをうけることがある。そんな場合、前とおなじ友人に出すのも気がとがめるし、と、いって、そうそう無尽蔵に友人があるわけではないから、そこで電話帳をくって、不幸な七人をえらぶことになる。つまり有名人がねらわれるという結果になるのである。

ことに芸能界の人気者などは、ちかごろまいこむものといったら、ファンレターよりも黒い翼のほうがはるかに多く、その整理に忙殺されているといわれている。

かれらの多くは一般人より縁起をかつぐし、また秘密を持つことも、ふつう一般人より多いことだろうから、ある有名なスターなどは、ひとしれず真黒にぬりつぶしたハガキのうえに、せっせと鉛筆を走らせているという評判である。

こうなると、もう、笑えぬ喜劇というよりは大きな社会問題である。

真黒なハガキのお見舞いにあきあきしたひとびとのあいだから、

「黒い翼を撲滅せよ」

という声がしだいにたかまり、新聞その他の言論機関も、真剣にこの問題をとりあげはじめた。

識者の多くは黒い翼がまいこんでも、そのまま放っておけばよいというのだが、それがそう簡単にまいらぬところにこの問題のむつかしさがある。人間の持つ不安の心理や恐怖心がなくならないかぎり、黒い翼のながす害毒は、ますます蔓延《まんえん》していくのではなかろうか。

いっそのこと、戦争中のように差出人の住所氏名のない郵便物は、配達を中止したらどうかと論じて、反動ときめつけられた批評家もある。

こうして邪悪な黒い翼をとりまいて、ごうごうたる世論が沸騰しているさなかに、黒い翼が指摘しているとおり、流血の惨事がもちあがって、あっと世間をふるえあがらせることになったのである。

二

「先生、きょうもまたこんなにたくさん、黒い翼がまいこんだんですけれど、いったいどうしたらよろしいでしょう」

倦《う》みつかれたような若い女の声に、いっせいにそのほうをふりかえった原緋紗子のサロンの客は、一瞬シーンと白けかえって、サロンの入口に立っている女と、女主人の原緋紗子の顔をみくらべた。

サロンの入口にもっさり立っているのは、原緋紗子の女秘書藤田貞子である。年齢は二十六、七だろうが、縮れっ毛の、度の強そうな眼鏡をかけた女で、お世辞にも美人とはいえぬ。

去年、この家のこのサロンで、不可解な最期をとげた姉の藤田蓉子のうつくしさにひきくらべて、おなじ両親の腹からうまれながら、どうしてこうもちがうふたりなのかと、映画界のひとびとを不思議がらせた器量である。

本人もそれを意識しているのか、いつもできるだけ地味によそおうてきたが、ことに去年姉が死亡してからは、喪に服しているつもりなのか、いつも黒ずくめの服装をしているので、いっそうふけこんで、娘らしい色気はみじんもない。

その貞子が胸にかかえているひとかかえの、あのまがまがしくも真黒なハガキをみると、緋紗子は狼狽《ろうばい》したように腰をうかして、

「あら、いやよ、貞子さん、お客さんのいらっしゃる前へ、そんなものを持ち出したりしちゃ……」

と、客たちの視線をいっせいにあびて、緋紗子は照れて鼻白んでいる。

「でも、先生」

と、貞子はあいかわらず倦《う》みつかれたようなかわいた声で、

「これにいちいちまた七枚ずつ、ハガキを書かねばならないのでしょうか。毎日毎日鉛筆を持つので、あたし指がいたくなってしまいました」

「まあ、貞子さんたら！」

と、緋紗子が金切り声をあげるのと、男優の三原達郎が腹をゆすって爆笑するのとほとんど同時だった。

「あっはっは、なんだ、緋紗ちゃん、それじゃあんた黒い翼がまいこむたびに、ごていねいにも七枚ずつ、黒いハガキを書いて出させているの？」

「いいえ、あの、そんなわけでも……」

「あっはっは、それじゃ緋紗子、こないだうちへまいこんだ黒い翼は、ひょっとするとここから出たんじゃないかな。いやだぜえ、きみ」

と、監督の石川賢三郎はアームチェアーにふんぞりかえって、いたずらっぽい眼をか

がやかせている。銀髪のうつくしい初老の男で、昔俳優をしていたというだけあって、血色のよい好男子だ。映画界では一大勢力を持っているといわれている。

「いえ、あの、先生、とんでもない」

と、緋紗子はいよいよ狼狽して、指にまいたハンカチで額ぎわの汗をふきながら、

「貞子さん、あんたむこうへいってらっしゃい。そんなものを、こんなところへ持ち出すものじゃなくってよ」

「でも、先生」

「いいから、むこうへいってらっしゃいというのに……」

と、きめつけられて貞子は度の強そうな眼鏡のおくから、ショボショボと一同の顔をみわたすと、かるく頭をさげ、そのままスーッと足音もなくひきさがる。まるで物《もの》の怪《け》のような感じである。

「どうしたんだい。あの娘は……近来ますます老いこんで、まるで西洋の物語に出てくる妖婆《ウィッチ》みたいじゃないか。ちょっと頭にきてるんじゃないかな」

と、貞子のうしろすがたをみおくって、土屋順造が吐きすてるようにつぶやいた。なんとなく毒々しい調子である。

「なにをいってるのよう、順ちゃん」

と、そばから三枚目女優の丹羽はるみが、ちかごろますます肥りぎみの体をゆすりだすようにして、

「かりにも去年まであんたのご主人だったひとの妹さんじゃないの。蓉子さんが亡くなったからって、そう現金に掌《てのひら》をかえすようにいうもんじゃなくってよ」

「はいはい。恐れ入りました」

と、土屋はわざとていねいに頭をさげると、若くしてはげあがった額を照れくさそうになでている。

「あっはっは、順ちゃん、みごとお面一本とられたね。あんた藤田君のマネージャーをやったじぶん、だいぶん甘い汁を吸ってたってじゃないか」

と、新聞記者の梶原修二にからかわれて、土屋はいやな顔をした。

この土屋順造という男は、去年まで、この家の女主人だった藤田蓉子のマネージャーをしていたが、蓉子が変死をとげて以来職にあぶれて困っている。ちかごろではもっぱら緋紗子にとりいって、蓉子が死亡して以来、そのあとがまとしてちかごろめっきり売り出した、この有望なスターのマネージメントをやりたがっているのだが、どういうものか緋紗子はこの男を好まない。マネージャーを必要とするような仕事は、もっぱら新聞記者の梶原修二に相談してかたづけている。

「ときに、緋紗子」

と、監督の石川賢三郎は気になるようにまゆをひそめて、緋紗子の顔色を読みながら、

「きみ、そんなに神経質に黒い翼の指令をまもっているの」

「いえ、あの、先生」

と、緋紗子はちょっと青ざめて、

「そういうわけではございませんが、やっぱり気になるものですから、出してみたり、うっちゃらかしてみたり。……」

と、緋紗子はせつなそうに、新聞記者の梶原と顔みあわせたが、すぐにその眼をほかへそらせた。藤田蓉子のもとマネージャー土屋順造が小鼻をふくらせ、猜疑《さいぎ》にみちた顔色でふたりの顔をみくらべている。

原緋紗子はもうそろそろ三十である。映画界に入ってから十年ちかくになるのだが、去年まではたいした役もつかず、したがってパッとした人気も出なかったが、去年親友の藤田蓉子が急逝《きゅうせい》した際、彼女にとってあった役がまわってきて、それが緋紗子の当たり役になった。

藤田蓉子は死亡したとき三十歳になっていたが、永遠の処女として売り出してきた純潔な印象は、緋紗子といえども蓉子に劣るところはなかった。しかも、蓉子の代役がヒットして以来、ふっきれたように緋紗子の演技にみがきがかかって、つづけさまにあと二作ヒットすると、彼女はもう押しも押されもせぬ大スターになっていた。わずか一年にもみたぬあいだの、じぶんでも思いがけない出世であった。

丹羽はるみも藤田蓉子や原緋紗子と同期生だが、彼女は蓉子や緋紗子のようにパッと売り出しもしないかわりに、緋紗子よりは早くより三枚目女優として重宝がられていた。この三人と男性美を売りものの三原達郎の四人が、東亜映画ニューフェース第一期生中での掘り出しものである。

「そりゃ、緋紗ちゃんとしては気になるわね。去年あんなことがあったとき、梶原さんとただふたりで、蓉子さんの臨終に立ちあったんですもの」

それは丹羽はるみの三枚目女優らしい、軽はずみな発言で、べつに悪意はなかったのだが、それでも緋紗子の顔は青ざめてこわばった。

「もしもし、はるみちゃん、いまの発言にはちょっと訂正を申し込んでおきたいな」

と、チーズをかじりながらウイスキーをかたむけていた新聞記者の梶原が、むこうの隅から異議を申しいれた。

「訂正ってなによ、梶原さん」

「はるみちゃんのいまのことばをきいてると、藤田君の臨終に立ちあったのは、ぼくと原さんのふたりきりのようにきこえるが、おあいにくさま、そこにはもうひとり小泉先生というひとがいたんだぜ」

「そりゃ、あのひとはお医者さんだもの」

と、はるみは三枚目女優らしく、そんなことはいうまでもないとばかりにくちびるをとんがらせる。

「お医者さんだって人間さ。証人としての価値は十分あるからな」

「おいおい、梶原君」

と、藤田蓉子のもとマネージャー、土屋順造はさっきのしっぺい返しとばかりに、底意地の悪い調子でくちばしをいれた。

「あんた、原さんとふたりきりで藤田さんの臨終に立ちあったと思われるのが、よっぽど気になるとみえるな。なにかそれにはいわくがあるの？」

妙にネチネチとした調子で、酒にことよせてからんでくる。緋紗子のマネージャーになることは脈なしとみてとって、いささか中っ腹になっているのかもしれぬ。

梶原はそれにとりあわず、あいかわらずチーズをかじりながら、チビリチビリとウイスキーのグラスをなめている。

そこに、ちょっとした気まずい沈黙のひとときが流れたが、とつぜん、三原達郎が大げさな身振りで、

「しっ！」

と、一同を制すると、人差指をくちびるにあてて、

「おい、諸君、気をつけろ。うっかりしたことを口走るな。そら、そこにわれらの名探偵、金田一耕助先生が眼をひからせ、きき耳を立てていらっしゃるじゃないか。わっはっは、ねえ、金田一先生、そうでしょう」

この思いがけない三原達郎のすっぱぬきに、一同の視線ははっとおびえて、隅っこのほうに陣取っている、よれよれの羽織袴《はかま》でもじゃもじゃ頭、小柄で貧相な男のほうへと走った。

その男は監督の石川賢三郎がつれてきたのである。珍しいひとをつれてきたが、みん

なそろってから紹介しようといったきり、いままでどこのだれともつげず、本人もあえて名乗りをあげようとしなかった。ただ、もじゃもじゃ頭をかきまわしながら、ペコリと一同におじぎをしたきり、隅っこのほうに陣取って、いままで会話の仲間にもはいらず、一同から完全に無視された存在だったのだが。……

「あっはっは、金田一先生」

と、石川監督は腹をゆすって、大きくいすのなかで笑いあげると、

「どうやら正体が暴露しましたな。ばれたとあっちゃしかたがない。さあ、こっちへ出ていらっしゃい」

「いや、どうも」

と、飄々《ひょうひょう》としてサロンの隅から出てくると、

「ぼく、金田一耕助です」

と、ペコリと頭をさげるその顔をみて、ばあいがばあいだけに一同は、薄気味悪そうに顔みあわせた。ことに緋紗子ははっとしたように、梶原修二と意味ありげな視線をとりかわす。

「さあ、金田一先生、そこへおかけなさい」

と、石川監督は上きげんで、

「それにしても三原君にすっぱぬかれるとは思わなかったよ。職掌《しょくしょう》がら梶原君にみぬかれるんじゃないかと思っていたんだが……」

「いやあ、ぼくは文化部ですからね」

と、梶原はなんとなくいまいましげな調子である。新聞記者の分際《ぶんざい》で、この高名な私立探偵をしらなかったことにたいして、じぶんでじぶんに腹を立てているのかもしれない。

「石川先生。そうぼくをみくびったもんじゃありませんぜ」

と、三原はあごをなでながら、

「こうみえても、ぼくも緑ケ丘の住人のひとりですからね。この緑ケ丘の住人で、金田一耕助先生をしらなきゃもぐりでさあ。緑ケ丘の恩人じゃありませんか」

「そうそう、三原君なんかも黄金の矢にしぼられた口なんだろう。あっはっは」

石川監督はゆたかな銀髪をなびかせて、愉快そうに哄笑《こうしょう》する。

「いやあ、しぼられはしませんでしたが、だいぶん悩まされたことは悩まされましたね。金田一先生、あの節はありがとうございました」

「いや、どうも」

と、金田一耕助は照れくさそうに、もじゃもじゃ頭をかきまわしている。（本書収録『毒の矢』参照）

石川監督は青ざめて、いくらかかたくなっている緋紗子のほうをふりかえり、

「原君、ごめんよ。今夜金田一先生をここへおつれしたのは、べつに深い意味があってのことじゃないんだ。このひと、いま三原君もいったとおり、この緑ケ丘の恩人でね。

きみがこっちへひっこしてくる前だが、さんざんわれわれを悩ました正体不明の脅迫者、黄金の矢なる人物をみごとひっとらえて、われわれ緑ケ丘の住人たちが、枕を高くして寝られるようにしてくださった恩人なんだ。それが今夜たまたまうちへあそびにこられたので、きみなんかもちかづきになっておいて損はないと思ったから、おつれしたまでのことだよ。いまに小泉先生がやってきたら、みんなそろったところで紹介しようと思っていたんだ」

「はあ、あの、はじめまして。……」

と、あいさつをする緋紗子の顔はどういうわけかこわばって、日ごろの愛嬌《あいきよう》がうしなわれていた。

それに気がついているのかいないのか、石川監督は緋紗子につづいて順ぐりに、ひとりひとり紹介していったが、それにたいする梶原修二や土屋順造の態度には、どこかぎこちないところがうかがわれ、この思いがけない侵入者のために、ちょっと座がしらけた感じだった。

「それにしても小泉先生はおそいわね。どうしたのかしら」

と、丹羽はるみが気まずそうにつぶやいたときである。うわさをすれば影とやらで、

「小泉先生がいらっしゃいました」

という女中のとりつぎのあとにつづいて、

「やあ、おそくなりまして」

と、にこにこしながら入ってきたのは、色白でふとり肉《じし》の柔和な面立ちに、金ぶちの眼鏡をかけた中年の紳士である。

小泉省吾はこの緑ケ丘に開業してから数年にしかならない。いわばこの町としては戦後派だが、患者にたいする応対ものごしが、ものやわらかで親切ていねいなところから、かなりよくはやる開業医で、去年この家で奇怪な最期をとげた藤田蓉子の主治医であった。

三

今夜は原緋紗子がこの家へひっこしてきたひっこし祝いの会である。緋紗子は一ヵ《か》月ほど前、かつて藤田蓉子が建てたこの家を買ってひっこしてきたのだが、撮影のつごうでお祝いが今夜までのびのびになっていたのである。

そのひっこし祝いのつどいをかねて、それと同時に、ちかくめぐってくる藤田蓉子の一周忌の追悼会を、どういうふうにやろうかという打ち合わせの会でもあった。したがって今夜集まっている客のうち、金田一耕助をのぞいたほかは、みんな去年この家で、藤田蓉子が不可解な最期をとげたとき、その場にいあわせたひとたちである。

だから、小泉先生の到着で一同の顔がそろうと、話題はしぜんとその思い出話に集中される。あるいは金田一耕助にきかせるために、石川監督が意識的にリードして、話題をそのほうへひっぱっていくのかもしれない。

じっさい、蓉子の死はいまもって不可解な謎につつまれていて、だれもその真相にふれたものがない。

あるひとは自殺と論じ、あるひとは他殺と断じ、なにしろ人気絶頂の大スターだっただけに、事件が起こった当時、世間は喧々囂々《けんけんごうごう》と沸騰《ふっとう》したが、自殺としては原因が不明だったし、他殺と断ずるには、いささか事情につじつまのあわぬところがあった。

藤田蓉子は映画スターとしては戦後派である。戦前から戦争中へかけて、彼女は浅草のレビュー劇場で踊り子をしていたが、戦争末期の一年あまり、どこでなにをしていたのかわかっていない。

それが、戦後緑ヶ丘にある撮影所、東亜映画のニューフェース募集に応募して採用されると、そのけがれのない清純な美貌が、汚濁した当時の世相のなかで異彩をはなって、たちまち処女女優として売り出した。当時の暗い世相が、ぎゃくに清純なスターを求めていたのである。

それからのちの藤田蓉子はとんとん拍子で、一作ごとに人気もたかまれば演技力もついてきた。それにつれて出演料もうなぎのぼりにつりあがって、昭和二十五年に緑ヶ丘に地所を買って建てたのが、いま一同のいるこの家である。そして、故郷の愛知県から妹の貞子をよびよせた。

姉の蓉子の美貌に反して、妹の貞子は十人並みというよりは、むしろ醜婦《しゅうふ》といったほうが当たっていよう。それだけに姉の明るい無邪気な性質に反して、妹のほうはどこか陰気で、片意地で、むっつり屋だった。

だから、この姉妹がならんで話しているところをみると、貞子のほうが姉にみえ、姉の蓉子のほうが、いつも妹に甘ったれているようにみえた。しかし、この姉妹をほんとうにしっているものなら、やはりしっかりしているのは姉の蓉子で、しっかり者にみえる貞子のほうは、そのじつまだほんのねんねえで、姉なしには生きていけない娘であることに気がついたはずである。どちらにしてもこの姉妹は、このうえもなく仲がよかった。

昭和二十六年ごろより蓉子の演技は急に成長してきた。それまでは単に明るく、うつくしく、清純なお嬢さん女優でしかなかった彼女も、そのころから演技に幅と深みが出てきた。それと同時に、持ってうまれた美貌にも、デリケートな陰翳《かげ》がくわわってきて、微妙な心理の推移だの、内心の苦悩だのを的確に表現できるようになってきた。

藤田蓉子は恋をしているのではないかと、スタジオ雀の口のはにのぼるようになったのはそのころのことである。

蓉子が恋愛したのかしなかったのか、それはともかく、演技女優として大きく成長した彼女は、その後たびたび演技賞も獲得して、押しも押されもせぬ大スターの位置にのしあがっていた。

だが、いっぽうとかく健康がすぐれず、薬餌《やくじ》に親しみがちになったのもそのころからのことである。仕事にかかると鬼のようになる彼女だが、一本あがるとげっそりやつれて、いたいたしいほどだった。また、どうかすると撮影中に卒倒して、周囲のものをハラハラさせたりした。

小泉先生が緑ヶ丘に開業したのはそのころのことで、それ以来、蓉子は小泉先生にとって、もっともたいせつな患者になった。小泉先生も彼女の健康を心配して、たまには休養をとったらどうかとすすめることもあったが、彼女は頑《がん》としてきかなかった。休んでいると気分がいらいらするからといって、つぎからつぎへと彼女は大役にとりくんだ。

そういう彼女をひとは評して、失恋の痛手を仕事によっていやしているのだろうといっていたが、さて、蓉子を失恋させた男はだれかということになると、それはだれにもわからなかった。妹の貞子にしてからが、思いあたるひとはないといっている。

だから、去年あの事件のあったころ、蓉子の健康のかなりそこなわれていたことは事実だが、さりとて、自殺を決意しなければならぬほどの、絶望状態からはほどとおいものだったと、小泉先生も証言している。

さて、事件の起こったのは去年の四月五日の夜のことである。

その日は蓉子の誕生日だったが、万事派手なことを好まぬ蓉子は、お祝いなどもごく質素なもので、招待された客というのも、ごく親しいつぎの七人だけだった。

石川賢三郎　監督

三原　達郎　男優

梶原　修二　　新聞記者
小泉　省吾　　主治医
土屋　順造　　マネージャー
原　緋紗子　　女優
丹羽はるみ　　女優

このうち緋紗子は女優としての地位も人気も、蓉子にくらべると比較にならぬほど貧しいものだったが、前にもいったとおり、ニューフェースの同期生という関係から、ふたりの地位に格段の相違ができてからのちまでも、親しくつきあってきたのである。

また、新聞記者の梶原だが、ひょっとするとこの男が、蓉子を失恋させた相手ではないかといわれている。梶原は大スターの蓉子よりも、当時まだ下っ端女優にすぎなかった緋紗子に興味を示したからである。

それはさておき、蓉子の誕生祝いというのはカクテルパーティーだった。映画スターなどがよく出入りをする銀座のバーから招かれてきた腕ききのバーテンによってシェーカーがふられ、ごちそうがふんだんに用意されていた。

会は七時ごろよりはじまって、九時ごろまでなごやかに進行した。

妹の貞子はこういうはでな席へ出ることを好まないので、主客まじえて計八人が、ほどよくカクテルの酔いを発して、レコードに合わせてダンスをしたり、流行歌を合唱したり、テレビに興じたり、九時ごろにはかなり席も乱れていた。

だから、とつぜん蓉子が床にたおれて苦悶しはじめる前後、彼女にいちばん接近した位置にいたのはだれか。……と、あとになっておまわりさんに訊問されても、的確にこたえることができるものがいなかったのも無理はない。

ただ、藤田蓉子のその異変に、いちばん最初に気づいたのが、原緋紗子だったらしいことはたしかなようだ。

とつぜん、床に落ちて砕けるグラスの音に、緋紗子がなにげなくそのほうをふりかえると、蓉子はサロンの隅のほうに、ただひとり背のびするようなかっこうで立っていた。その晩、黒いイブニングを身にまとうていた蓉子は、そのためにいっそう背がたかくみえた。

その蓉子の足もとに、カクテルグラスの脚が折れてころがっている。……

緋紗子はなにげなくそのカクテルグラスから、蓉子の顔へ視線をうつして、思わずあっと両手を握りしめた。

なにかしらとつぜんの恐怖におそわれたように、蓉子の眼は大きくみひらかれ、ひとみがつよい感情をしめしてもえあがっていた。しかも、その眼はなにもみているのではないらしい。ただ、意味もなく虚空のある一点を凝視しているだけで、顔面の筋肉がはげしい苦悶にゆがんで痙攣《けいれん》している。

なにかしら、異常な蓉子のそのようすに、

「あら、蓉子さん、どうかして？」

と、緋紗子がそばへ駆けよろうとしたとき、蓉子の顔はいよいよ苦痛にゆがみ、両手がはげしくのどのあたりをかきむしりはじめた。そのために首にまいたネックレスの糸がぷっつり切れて、真珠の粒があられのようにパッと床にとびちった。

「あっ、蓉子さんが……蓉子さんが……」

と、緋紗子がふたたびみたび、恐怖におののく金切り声をふりしぼったとき、蓉子は骨を抜かれたようにひざのほうから、くたくたと床にくずおれて。……細い銀鎖でつった宝石入りのロケットが、つめたく胸にのっかっていた。

「あっ、藤田君、どうした、どうした！」

緋紗子の金切り声と蓉子が床にたおれる音で、はじめてそれと気がついた石川監督や三原達郎その他の連中が、ばらばらとその周囲に集まってきたとき、蓉子のくちびるからあぶくのような血が吹き出していて、あらためて一同を恐怖と混乱におとしいれたのだった。……

「じっさい、あのときはおどろいたな」

と、石川監督が銀髪をなでながら、しみじみとした調子で述懐する。

「藤田君はその前にも、ちょくちょくスタジオで卒倒することがあったので、また、その伝だろうと思っていたんだが、梶原君が抱き起こしたときの顔色と、くちびるから吹き出している泡のような血をみたとき、これは……と、思ったからな」

「まったく、あのとき小泉先生がいらしてくだすったからよかったようなものの、あたしたちだけだったら、どうしていいかわからなかったわね」

と、丹羽はるみはいまさらのように身ぶるいをした。

「いや、わたしがいてもなんの役にも立たなかったんだから。……」

と、小泉先生も金ぶち眼鏡のおくで、おだやかな眼をしょぼつかせた。

しかし、小泉先生がその場にいあわせたということが、一同を不必要な混乱からすくったことだけはたしかである。

小泉先生は医者のたしなみとして、どんなばあいでも折りかばんをたずさえている。先生は二、三本注射をうってようすをみていたが、そのうちに蓉子の顔面から胸へかけて、いちめんに紫色の斑点《はんてん》があらわれてくるのをみるにおよんで、ぎょっとしたようにあたりをみまわした。

そして、そこに脚の折れたカクテルグラスがころがっているのをみると、だれもそれにさわってはならぬと注意し、土屋順造にむかって、すぐ警察へ電話をするようにと命じた。……

「それは適切な御注意でしたね」

と、金田一耕助はもじゃもじゃ頭をかきまわしながら、小羊のようなおだやかな視線を、小泉先生から石川監督にうつして、

「それで、そのグラスから砒素《ひそ》系統の毒物が検出されたのでしたね」

「そうです、そうです。小泉先生の処置がよかったんです。わたしも藤田君の肌《はだ》に紫色

の斑点があらわれはじめたとき、これは！　と、思ったんです。しかし、それが砒素中毒とは……」

「それで、蓉子さんはそのまま絶命してしまったんですか」

「いや、それなんですよ、金田一先生」

と、男優の三原達郎がしぶい美貌のあごをなでながら、

「さっきも梶原さんが、土屋の順ちゃんにいやみをいわれていたでしょう。藤田君は寝室へかつぎこまれて、半時間ほど生きていたんです。そのあいだもちろん、小泉先生と貞ちゃんのふたりがつききっていたんですが、息をひきとる少し前に、貞ちゃんが泣きながら梶原さんと原君を呼びにきたんです。お姉さまがなにか話があるからと。……おまわりさんが駆けつけてくる少し前で、われわれはみんなこのサロンにいたんです」

「だからね、金田一先生」

と、石川監督もさすがに厳粛な顔をして、

「土屋君はこのふたりが……いや、失礼、小泉先生をもまじえて三人が、この事件の真相について……たとえその全部でなくても、片鱗《へんりん》だけでも、藤田君の口からきいているにちがいないと主張して譲らないんだ。いまでもこのひと、とてもそのことを気にしているんですよ」

「いやあ、先生、べつに気にしてるってわけじゃないですがね」

と、土屋順造はアームチェアーに身を埋めて、若はげの頭をくりくりなでながら、う

さんくさそうな眼で、ジロジロと緋紗子と梶原の顔色を読んでいる。境遇のせいかなんとなく卑しい雰囲気《ふんいき》が身にしみている。

「土屋さんはいまでもそんなことを信じていらっしゃるんですか」

小泉先生の眼が金ぶち眼鏡のおくでおだやかに微笑している。どこか女性的な感じのするものしずかさである。

「信じてますとも、断然！」

とつぜん、アームチェアーから身を起こした土屋順造の眼に、ギラギラと油のような酔いの光がほとばしった。

「このひと、なにか秘密を持っているんだ。藤田蓉子の奇怪な最期について、原君と梶原君がなにか秘密を握っているんだ。そして、その秘密の暴露を恐れるもんだから、あのやくたいもない黒い翼の手にのせられて、墨でハガキをぬりつぶしているんだ」

土屋の声は悪意にみちて、緋紗子と梶原を弾劾《だんがい》せんばかりの調子だったが、そのとき金田一耕助は、サロンのドアの外を物《もの》の怪《け》のように音もなくとおりすぎる貞子のうしろすがたをみて、なぜかぎょっと息をのんだ。

四

サロンのなかには重っくるしい沈黙が、のしかかるようにおおいかぶさってきた。

梶原はアームチェアーにふんぞりかえり、天井にむかってしきりにたばこの煙を吹きあげている。緋紗子はハンカチをひきさかんばかりにもみくちゃにし、三原達郎と丹羽はるみはまゆをひそめて眼をみかわしている。石川監督はにがにがしげな眼で土屋をみまもり、小泉先生は当惑そうに金ぶち眼鏡のおくで眼をショボつかせている。

土屋もさすがにいいすぎたと気がついたのか、気まずそうに手酌《てじやく》でウイスキーをあおっていた。

「ところで、原さん、梶原さん」

と、金田一耕助はこの重っくるしい、しらけた空気を救おうとするかのように、緋紗子と梶原のほうへ眼をむけた。

「はあ」

緋紗子はどきっとしたようにひとみをすえる。

「故人……すなわち藤田蓉子さんがあなたがたを、臨終のまくらもとに呼びよせたのは、いったいどういう用件だったんですか」

「いや、それはこうなんですね」

と、緋紗子が発言する前に、いちはやく梶原が返事をひきうけた。

「じぶんにもしものことがあったら、こんどじぶんがやるはずになっていたあの役……原君の当たり役になったあの役ですね。……あれをじぶんに代わってやってほしい。あなたならきっと成功すると思うから。……と、ただそれだけのことをいいたかったんですね。そのことは、いよいよ息をひきとるまえに、ここにいるひとたちみんなをまくらもとに呼びよせて、ひとりひとりお別れのあいさつをしていったんですが、そのとき石川先生にもくりかえし、くりかえし頼んでいったので、ここにいるひとたちはみんなしっていることなんです」

梶原修二はこともなげにいったが、金田一耕助は思わずまゆねをつりあげて、

「それじゃ故人はひとりひとりにお別れをしていったんですか」

と、石川監督をふりかえった。

「ええ、そう」

と、石川監督もまゆをしかめて、

「そのときすでに藤田君は死を覚悟していたんですね。そういうところからも自殺説が濃厚なんだが、自殺としても原因にわりきれないところがあるんですね」

「なにしろ、演技者としていよいよ成熟していましたからね。りっぱでしたよ。亡くなる前は……人間としてもね」

と、三原達郎がしぶい声でつぶやくようにポツンといった。緋紗子はそっとハンカチを眼におしあてる。丹羽はるみが三枚目らしく、クスンクスンと盛大に泣きだした。

それでしばらく会話がとぎれたが、やがてはるみが泣きやむのを待って、金田一耕助は梶原修二のほうへむきなおった。

「ところで、梶原さん、故人があなたを呼びよせたのは……?」

「いや、金田一先生、それはわたしからお話ししましょう。梶原君としてはじぶんの口から話しにくいでしょうから」

と、小泉先生は金ぶち眼鏡をはずすと、ハンカチで眼鏡の玉をふきながら、おだやかにそばから話をひきとった。眼鏡をはずすと、女性的な顔がなんだか妙にふやけてみえる。

「故人の梶原君にたいする希望というのは、死ぬ前にいちどだけでいいからキスをしてほしいというのですね。それも額にではなくくちびるへ。……それはとてもいじらしい、切実な願いでした。……もちろん、原さんの了解のもとにですね。故人が原さんに役をゆずったというのも、そのお礼の意味だったんですね」

と、そういいおわると小泉先生は、しずかに眼鏡をかけなおした。

「ああ、なるほど……」

金田一耕助は梶原と緋紗子のほうへ眼を走らせたが、すぐその視線をほかへそらせた。ふたりとも固くなり、緋紗子の耳たぶは火がついたように赤くなっていた。

「わたしが思うのに……」

と、小泉先生は諄々《じゅんじゅん》とひとをさとすようなおだやかな調子で、

「それが故人のいちばんの希望なり目的だったんじゃないでしょうかねえ。このおふたりをとくべつに、臨終のまくらもとへお招きした。……つまり故人は死ぬ前に梶原君にキスしてもらいたかった。せめてそれをこの世の思い出にしたかったのでしょう。しか

し、原さんにないしょではおだやかでないので、その了解をえるために原さんもいっしょに呼んだ。そして、さっきもいったとおり、そのお礼にじぶんの役を原さんにゆずっていった。……ただ、それだけのことなんですがねえ。土屋さん、それでもまだ信用できませんか」

小泉先生はおだやかに微笑をふくんでいたが、土屋順造はふてくされたようにいすのなかに体をうずめて、

「できませんねえ。現に原君の顔にちゃんと書いてあるからな。あたしはそれ以上、もっと深刻な秘密をしっておりますよって」

緋紗子はもうとりあわずに、

「ほっほっほ」

と、ハンカチのなかでひくく笑っていたが、その笑い声にはどこかぎこちない、技巧的なところがあった。

こうして一代の名女優藤田蓉子は、多くの謎をあとにのこして、三十年のみじかい生涯をとじたのだが、ここにはもう少し、藤田蓉子死後のいきさつを述べておこう。

さて、小泉先生の適切な注意で保管されていたカクテルグラスの内容は、警視庁の鑑識課の手で綿密に試験されたが、はたしてそこから砒素の化合物が発見された。

ところが、問題になったのは指紋だが、カクテルグラスから意外にも三種類の指紋が検出されたのである。

「新聞でみるとそれが藤田さん自身の指紋のほかに、バーテンの指紋ともうひとつは、石川先生、あなたの指紋だったんですね」

と、金田一耕助は石川監督をふりかえった。

「ええ、そう」

石川監督は銀髪をうしろへなであげながら、

「それは……ぼくの指紋がのこっているのも当然なんだ。バーテンが傍卓《サイドテーブル》のうえにカクテルグラスをおいていったので、ぼくがそれをとりあげて飲もうとしたとき、藤田君がそばへやってきて、先生、そのグラスはあたしにちょうだいと、ひったくるようにして横どりしたんだ。それでぼくはしかたなしに、バーテンのほうへグラスをもらいにいって、じぶんでシェーカーをふっていたんだが、そのとき、緋紗ちゃんの叫び声がきこえたので、びっくりしてふりかえると、ああいう状態だったんですね」

石川監督のことばの調子には、金田一耕助に説明するというよりも、そこにいる一同に釈明しているような、どこかぎこちないところがあった。

「だからねえ、金田一先生、おかげでぼくは命拾いをしたようなもんです。あのとき、藤田君がぼくの手からグラスをひったくってくれなかったら……それを考えるとぼくはいまでもゾッとする。ぼくは当然、この世におさらばをつげていなければならんところだったんだからな」

「アーメン！」

と、三原達郎がいくらかおどけた、しかし陰気な声でそれに応じた。

「だけど……」

と、土屋順造がまた底意地の悪い調子で、

「そのいきさつ……蓉子ちゃんが先生の手からグラスを横どりしたといういきさつを、みていたやつはひとりもないんだからな。先生の創作といわれてもしかたがない」

と、吐きすてるような調子である。

「そうなんだ。それは順公のいうとおりなんだ」

と、石川賢三郎はさすがにちょっと、ほおに紅《くれない》を走らせたが、それでもわざと平然たる態度をとりつくろって、

「あのときぼくは、ひょっとすると小泉先生があのいきさつをみていらしたんじゃないかと思ったんだが……」

「いいえ、わたしはテレビのほうへ気をとられていたもんですから。……」

小泉先生はあいかわらずものしずかな調子である。

「それですからねえ、金田一先生」

と、石川賢三郎は肩をすくめて、

「後日、あの砒素剤を薬局から購入したのが、藤田君自身だったと判明したからよかったようなものの、それがなかったら、ぼくも窮地におちいっていたかもしれませんな。もっとも、ぼくには藤田君を殺害しなきゃならん理由も動機もないけれどね」

「それはどうですかな」

と、土屋があくまでからんでくる。

「順ちゃん、なにか動機があるかい？　おれに……？」

「かわいさあまって憎さが百倍とね。えっへっへ。もっともこれはあんたにかぎったことはないかもしれない。なにしろ、あれだけのべっぴん、上玉ですからな」

どくどくしい土屋の調子に、丹羽はるみが憤然とまゆをつりあげた。

「順ちゃん、今夜、あんたどうかしてんじゃない？　あれだけ世話になったひとのことを、そんなふうにいっていいの？」

「死んじまったやつがどうなるもんか」

と、土屋はペロリとひと息にグラスをあけると、

「死人に口なしとはよくいったもんだ。梶さんも緋紗ちゃんもいいかげんに泥《どろ》を吐きなよ。なにかおもしれえ芝居がみられるにちがいねえと思うんだが……」

「あっはっは、まだあんなことをいってるよ」

梶原はばかばかしいというふうに肩をすくめて、もうとりあおうとはしなかった。

さて、いま石川監督もいったように、砒素剤を購入したのが藤田蓉子自身だったという事実が判明するにおよんで、この事件は一挙にして解決した。

蓉子はおそらく自殺するつもりで毒薬を入手していたのだろう。そして、それをあの晩カクテルグラスに混入して、いままさに手にとろうとするところへ、横から石川監督

が手を出した。そこで蓉子があわててそれをひったくり、じぶんであおったのだろうということになって、この事件は落着した。

ただし、蓉子の使用した砒素剤ののこりはどこからも発見できなかったが、それは蓉子が必要量だけとっておいて、あとはどこかへ捨てたのだろうといわれている。

ただ、自殺するならなぜもっとほかのときをえらばなかったのか、なぜ誕生日のパーティーの席をえらばねばならなかったのか。また、なぜ遺書をのこさなかったのか。……

と、いうような点が疑問といえばいえるけれど、自殺の動機らしいものは、死体解剖の結果、それに関係があるのではないかというような事実が判明した。

なんと意外なことに、処女スターでとおっていた藤田蓉子に、お産の経験ありという鑑定がくだされたのである。当時、映画人をこれほどおどろかせた事実はなかった。

スターに子供があったってかまわない。スクリーンのうえで処女を表現できれば、子持ちスターだってかまわないわけだ。しかし、蓉子ほどうまくそれをかくしとおした女はほかにない。だいいち、現在の妹の貞子ですらが、姉にお産の経験があるということをしっていなかった。

では、蓉子が子供をうんだとすれば、それはいったいいつのことか。それについて考えられるのは戦争末期の一年ほど、彼女の消息がわかっていないということである。そのとき彼女はすがたをかくして、どこかひとしれぬ土地でお産をしたのにちがいない。

ところで、彼女がお産をしたとすれば、妊娠させたあいての男はいったいだれか。それについては想像できないこともない。それは彼女の浅草時代をしっている友人の口からもれたことなのだが、蓉子は昭和十八、九年ごろ、田口健吉という楽士と恋におちて、しばらく同棲していたことがあるそうである。

ところがこの田口というのがとてもたちの悪いやつで、昭和十九年の秋ごろ詐欺横領罪で挙げられて、刑務所のなかで病死している。蓉子が東京からすがたを消したのは、この男が逮捕されてからまもなくのことで、そのとき彼女は妊娠していたのではないか。では、蓉子はどこで出産したのか。また、その子は生きているのか死亡したのか。……それらのことは不明だけれど、昭和二十年のうまれとして、生きていればその子はことしかぞえ年で十二歳になるはずである。そういえば蓉子はとても子供ずきで、よく近所の子供をうちへ集めてかわいがっていたが。……

そのことと蓉子の死後発見されて、映画界をおどろかせたもうひとつの事実と結びつけて、それが彼女の自殺の原因となったのではないかといわれた。

蓉子の死後発見された意外な事実……それはこうである。

蓉子は莫大な収入を持っていたにもかかわらず、死後判明したところによると、彼女はほとんど蓄えというものを持っていなかった。それのみならず、緑ケ丘の住宅さえも抵当に入っていたのである。しかも、これまた貞子にとって寝耳に水の事実とわかって、さすがののんきな映画人もあっとおどろいた。

蓉子はけっしてしみったれではなかったが、むやみに浪費するような女ではなかった。女優としてはむしろ地味で質素な生活ぶりだった。扶養しなければならぬ係累といっては、貞子よりほかになかった。

では、彼女の莫大な収入はいったいどこへ消えていったのか。いったいなにに費やされていたのだろうか。……

ひょっとすると、彼女の子供がどこかへ里子にやってあって、その養育費につぎこまれていたのではないか。しかし、それにしても、子供ひとりの養育費に、あの莫大な収入があとかたもなく消えていくのはおかしい。

そこで考えられるのが恐喝ということである。

純潔無垢《むく》を売りものの処女スターに、かくし子があっては人気が落ちる。……そこへ里親がつけこんだのではないか。

それもなるほど一応もっともな見方だが、それにたいして、つよく反対する一派の意見にも一理はあった。

ニューフェースとしての売り出し当時のことならば、そういうことも考えられないではないが、演技女優としてりっぱに成長した彼女の人気が、そのていどのスキャンダルで地に落ちるとは思えない。もし、彼女がしんじつあそこまで根こそぎ恐喝されていたとすれば、そこにはもっと暗い事実があるのではないか。

では、その暗い事実とはなにか。……

　そこで、嬰児殺《えいじごろ》しという恐ろしい事実がうきあがってくる。ひょっとすると藤田蓉子は、うまれた赤ん坊の処置に窮して、ひとしれず殺したのではないか。あの終戦前後の混乱した世相からして、そんなことも考えられないではない。そして、もしだれかがその事実をしり、しかも、その証拠を握っているとすれば、これほど格好の恐喝材料はないではないか。

　しかし、それにも強く反対するものがあった。

　そんな暗い、陰惨な犯罪を過去に持っている女が、ああまで無邪気に、明るく、朗らかでいられるはずがない……と。

「と、いうようなわけで、自殺としてもわれわれには、その原因がはっきりとのみこめないというわけです」

　石川監督がさじを投げるようにつぶやいた。

「しかし、先生、どういう理由があったにしろ、蓉子ちゃんは脅迫者のために、まるでレモンのしぼりかすみたいに、ギリギリの線までしぼられて、倦《う》みつかれていたらしいってことは、いえるんじゃないでしょうかねえ」

「それをおれもしりたいんだよ。いったい、どこのどいつにどういう理由で、恐喝されていたかってことを！」

　ドシンとテーブルをこぶしでたたいて、土屋順造が咆哮《ほうこう》した。石川監督はその顔につめたい視線をおくると、

「順ちゃん、おまえさんにそれがわからなかったというのがおかしいじゃないか。マネージャーの分際をもってしてさ」

と、あざけるようなことばのひびきに、

「なにを！」

と、土屋はさっとけしきばんで、いすからはんぶん腰をうかしかけたが、なにぶんにも、あいてが映画界でも一大勢力を持っている監督とあってみれば、さすがにここで爆発してしまう勇気もなかったらしく、

「あっはっは、いやどうもすみません」

と、卑屈なうすら笑いをうかべると、

「仕事のうえのマネージャーはやってましたが、家計のほうまでは眼がとどきませんでしたのでね。それより貞子がぼんやりしすぎるよ。おなじ家に住んでいながら、そんな大事なことに気がつかなかったなんて。……」

土屋はぶつくさいいながら、また手酌でウイスキーをのみはじめる。

金田一耕助は緋紗子のほうをふりかえって、

「それであなたがこの家をお買いとりになったんですね」

「はあ、信用銀行に抵当としてとられていたのを、会社に買っていただきましたのよ。蓉子さんの思い出のある家でございますから」

と、緋紗子の声はまるであたりをはばかるように低かった。

「故人の妹もいっしょにおひきとりになったんですね」

「はあ、あのひと蓉子さんがお亡くなりになってからも、この家に住んでたんですけれど、この家がひとでに渡ったとなると、いくところのないひとでしょう。この家でも抵当にはいってなかったら、相当の財産になるのでしょうけれど。……」

「いや、それはよいことをなさいましたね」

「はあ。……」

と、緋紗子がほおをそめるそばから、土屋順造がまた毒づいた。

「それくらいのことをしても罰は当たりますまいよ。蓉ちゃんが死んだおかげで、いちばんもうけものをしたのはこちらだからな。そうそう、緋紗ちゃん、あんた蓉ちゃんの臨終のときに、胸にかけてたロケットをかたみにもらったけど、あれ、どうした？」

「だいじにとってございますけれど……蓉子さんの写真をはさんで」

「こんどの一周忌にゃあ、忘れずにあれを胸にかけて出るんだね。あれがあんたのマスコットになったんだあね」

「はあ、そうしましょう」

と、緋紗子はもうこの酔っ払いにさからわなかった。

そのとき、小泉先生が思い出したように、腕時計をみると、石川監督をふりかえって、

「ときに、藤田さんの一周忌といえば、どういうふうに……？」

「そうそう、それをこれから打ち合わせしようというんだが、ついあの事件の思い出話

に花が咲いてしまって。……梶さん、あんたなにかプランない？」

「そうですねえ。プランといってもべつに……」

「わたし、十時までには見舞わなきゃならん患家《かんか》があるんですが、それまでになんとかきめていただきたいもんですね」

と、そういいながら小泉先生が、ポケットからハンカチをとりだしたひょうしに、床のうえにひらひらとまいおちたのは、なんと黒い翼ではないか。

「あれ、先生、ポケットから妙なものが落ちましたぜ」

と、三原達郎が拾ってわたすと、

「ああ、そうそう、きょう往診に出がけにうけとったんですがね。ポケットへつっこんだまま忘れてました。妙なことがはやって困ったもんですな」

と、小泉先生が無造作に黒い翼をひきさくのをみて、丹羽はるみがおびえたように眼をみはった。

「あら、先生、それ、破いてもよろしいんですの」

「なあに、こんなもの」

と、土屋はいすから体をのりだすと、小泉先生が破ってすてた黒いハガキを、ごていねいにも床から拾い集めると、

「ついでに火葬にしてしまえ」

と、ひとひら、ひとひら、ガスストーブのなかへ投げこんでいく。

あのまがまがしい黒い翼の断片が、青白い焰と化してもえあがるのを、さすがに女だけあって、緋紗子とはるみは息をつめ、おびえたようにみまもっている。

梶原がぷっと吹き出した。

「緋紗ちゃん、あんた黒い翼のあんな呪文を信用してるの。破いたり、焼きすてたりしたらたたりがあるって……」

「はあ、あの、それは……」

と、緋紗子はまぶしそうに一同の視線を避けながら、

「それはやっぱり女ですから。……」

と、消え入りそうな声である。

「はるみちゃん、あんたも……？」

「しかたがないから束にしてとってあるわ」

と、これはふてくされたような調子である。

「よし、きたあ！」

と、梶原がとつぜん大きな声で叫んだので、

「あら、びっくりした」

と、はるみはほんとにびっくりしたらしく、胸の動悸《どうき》をおさえながら、

「どうしたのよう、梶原さん、だしぬけに大きな声で……びっくりするじゃないの」

「ごめん、ごめん、だけど、おれ、いまいいことを思いついたんだ。緋紗ちゃんもはる

みちゃんも、しまってある黒い翼をみんなお出しよ。それを蓉ちゃんの一周忌に焼いちまおうよ。緋紗ちゃんなんかあんなもんにこだわってるから、土屋君にいたくない腹をさぐられるんだ。おれが焼きすててあげる。なんなら、それを写真にとって新聞に出してもいい。そうしてあのいまいましい黒い翼に、さいごの引導をわたしてやろうよ」

いかにもジャーナリストらしいプランに、

「あっはっは、それは名案ですな」

と、金田一耕助がもじゃもじゃ頭をかきまわしながら、いの一番に賛成した。

五

ひょうたんから駒が出るとはこのことだった。翌日、梶原が新聞社でこのことを話すと、部長もひどく乗り気になった。

「そいつはおもしろい。それをひとつ盛大にやろうじゃないか。原緋紗子や丹羽はるみがその調子なら、ほかにも焼きもせず、破りもせずに、黒い翼をもてあましているのが相当あるぜ。四月五日といえばまだ間があるから、できるだけたくさん黒い翼を集めて、どんどん焼いてるところを写真にとって、黒い翼よ、さらばといこうじゃないか」

「できれば原緋紗子や三原達郎のようなスターに、写真のなかに入ってもらったら、いっそう効果的ですぜ」

と、次長もそばから口を出した。

「そうだ、そうだ、梶原君、きみ、それを交渉してみたまえ。ひとだすけだあね」

「承知しました」

交渉の結果、緋紗子はちょっとためらったのち、写真のなかへ入るくらいならかまわないとひきうけた。それに反して三原はむしろ大乗り気で、それじゃじぶんが火葬係りをひきうけようといいだした。

この企画が新聞紙上に発表されると、その反響は予想をこえてはるかに大きかった。あちこちから激励や感謝の手紙がまいこむと同時に、束になった黒い翼がどんどん新聞社へ郵送された。なかには緋紗子のもとへ直接もちこんでくるのもあった。

これをみても、世間がいかに黒い翼になやまされていたか、そして、ハガキがいかにむだに浪費されていたかということがわかるのだ。

こうなると撮影所のほうでも乗り気になる。それでは当日は原緋紗子邸に鯨幕《くじらまく》を張りめぐらせ、護摩《ごま》を焚《た》く大火ばちをすえ、希望のスターを動員して、盛大に黒い翼に引導をわたすことにしようじゃないかと、そこはお祭騒ぎのすきな映画人のこととて、だんだん話が大げさになり、当日はニュース映画から、テレビ、ラジオの録音班まで出張するという騒ぎになった。

「ねえ、梶原さん、大丈夫？　あたしなんだか心細くなってきたわ」

話がだんだん大きくなってくるにつけて、緋紗子はしだいに不安になってくる。四月五日がちかづいてくるにつれて、彼女は落ち着きをうしなってきた。

「大丈夫だよ、緋紗ちゃん。きみはどういう時代に生きてるんだい。原子力時代だということをしってなきゃ……」

「それはそうだけど、いろんなことをいってくるのよ。ハガキや電話で。……激励してくれるひともある反面、あとのたたりを忘れるななんていってくるひともあるんだもの」

「いたずらだよ。そんなこと。……」

「ええ、それはわかってるけど、なんだかいやあな気がして。……また、なんだかよくないことが起こるんじゃないかって」

「ばかだなあ。子供みたいに。……それじゃよすっていうのかい」

「いいえ、いまさらよせやあしないけど。……その代わり、梶原さん、当日はよっぽど気をつけてえ。あたし、怖いの。ねえ、わかる。あたし怖いのよう」

緋紗子は梶原の両手をとって、意味ありげにまじまじと相手のひとみをみつめていたが、彼女の不吉な予感はみごと的中したのである。

藤田蓉子の一周忌、そして、黒い翼に引導をわたしたその夜のこと、またしてもあのサロンで砒素剤が暗躍したのであった。

六

黒い翼のお葬式はおわった。

鯨幕をはりめぐらされた原緋紗子邸の庭で、葬送行進曲《ヒューネラル・マーチ》と読経の声という、はなはだ戦後派的な交響楽を伴奏に、山とつまれた不吉なハガキは、つぎからつぎへとスターたちの手によって、燃えさかる焔のなかに投げこまれて、ここにはなばなしく、盛大に、火あぶりの刑に処せられたのである。

緑ケ丘にもえあがる焔と煙は、さしもに猛威をふるった黒い翼に、永遠に終止符をうつことを意味するだろう。

ニュース映画やテレビでこの情景をみたひとは、あたらしい勇気と希望を感じて、もはや黒い翼の、あの子供だましの呪詛《じゅそ》や威嚇《いかく》を恐れはしないだろう。

この黒い翼のお葬いは、二時から夕方の四時すぎまでかかった。そして、スタジオから派遣された係りのものが、鯨幕をはずし、あとかたづけをしたのちに、火のしまつをしてひきあげたのは、かれこれ六時すぎのことだった。

「緋紗ちゃん、くたびれたろう」

サロンの外のベランダに立った梶原修二は、いちめんに黒い翼の燃えがらのとびちった、惨憺《さんたん》たる庭をみつめながら、いたわるように緋紗子に声をかけた。

「ええ。……でも、結局よかったのね、これで……」

「よかったとも。これで蓉ちゃんのいい供養になったよ。生涯、秘密になやまされつづけていたかわいそうな藤田君のね」

「でも、蓉子さんの秘密っていったい、どんなことでしょう。あんなにまで徹底的に搾取されてしまうなんて。……」

「それもあるけど、問題は搾取していたのはいったいだれかってことだね。蓉ちゃんのようなひとに、あんなデスペレートな決心をさせるなんて。……」

「そのひとが今夜もくるのね。その悪いひとが……」

緋紗子はベランダに立ったまま、たそがれゆく空のかなたに眼をやって、こまかく肩をふるわせる。そこにはまだ黒い翼を焼きすてた煙が、一団の雲となって揺曳《ようえい》している。

梶原はふと緋紗子が胸にかけている、宝石入りの大きなロケットに眼をとめて、

「ああ、それ、藤田君のかたみだね」

と、手にとってみる。

「ええ、一周忌にはこのロケットをかけるようにって土屋さんがいったでしょう。あのひとにさからうとうるさいから」

梶原がパチッとロケットのふたをひらくと、なかに亡き藤田蓉子の面影が、かなしい微笑をたたえている。

「せんにはここにだれの写真が入ってたの」

なにげなくたずねる梶原の横顔を、緋紗子は涙のたまったような眼でみまもりながら、

「ひどいひと」

と、つぶやいた。

「え？」

「あなたの写真にきまってるじゃないの？」

とつぜん、緋紗子はハンカチを眼におしあてて、ひくい声で嗚咽《おえつ》する。

「あたし、なにもかもあのひとから奪ってしまったような結果になって……」

梶原はパチッとするどい音をさせてロケットのふたをしめると、緋紗子の体を抱きよせて、額にそっとキスをした。

「さあ、泣くのはおやめ。なにもかも忘れてしまうんだね。藤田君のきょうの一周忌がすんだらさっそく結婚しようよ」

「ええ」

と、眼にいっぱい涙をたたえたまま、すがりつく緋紗子をもういちど抱きよせて、こんどはくちびるにキスをする。

だが、梶原はすぐに緋紗子の体をはなすと、

「だれ……？」

と、サロンのなかをふりかえる。

「はあ、あの……」

と、ほの暗いサロンのドアのところに立っているのは、物の怪のような貞子である。

「姉と仲よしだった御近所のお嬢さんや坊ちゃんがたが、お供えを持ってきてくだすったのですけれど……」

貞子の顔色にはなんの感動もなく、まるで暗誦《あんしょう》するような口調である。

かえって緋紗子がよろこんで、

「あら、まあ！　それじゃさっそくこちらへご案内して。貞子さん、キャンディーかなにかあったわね」

「はあ、あると思います」

貞子が壁ぎわのスイッチをひねると、ぱっと明るくなったサロンの一隅に、大きくひきのばした藤田蓉子の写真がかざってあり、その前に果物籠や花束がうずたかく盛りあげてある。

やがて貞子の案内で十二、三歳のかわいい女の子をかしらに、五つ六つの男の子までまじえて、五、六人の子供たちがてんでに花束をかかえて、いくらかはにかみがちに入ってきた。これが生前藤田蓉子のかわいがっていた、近所の坊ちゃん嬢ちゃんたちの一群で、緋紗子も前からおなじみの御連中である。

「あらまあ、みなさん、よくいらしたわね。蓉子お姉さまに花束をお供えにきてくださいましたの」

「ええ、あの、緋紗子お姉さま」

と、いちばん年《とし》かさのかわいい少女が、いくらかおしゃまな調子で、

「みんなもっとはやくきたかったのよ。でも、お客さま大ぜいいらしたでしょ。そいでいままで待ってたの。これ、ママがお供えしてらっしゃいって」

それはすぐお隣に住む、春日という有名な弁護士の一粒種の娘で恭子といい、蓉子といちばん仲よしだった。

「あらまあ、そう、ありがとうよ。そいじゃお供えしてあげてちょうだい。仲よしのみなさんがきてくださったので、蓉子お姉さま、どんなにおよろこびかしれないわ」

恭子を先頭にたて、五、六人のいとけない少年少女が、蓉子の霊前にかわるがわる花束をそなえて、かわいい掌《たなごころ》を合わせている光景をみたとき、緋紗子はハンカチで眼をおさえ、梶原も胸があつくなるのをおぼえた。

子供たちがみんな花束をそなえおわると、

「さあ、それじゃみんなかえりましょ」

と、恭子が一同を引率してかえりかけるのをみて、

「あらまあ、恭子さん、もうすこしゆっくりしていらっしゃいよ。お茶でもいれますから」

「ううん、いいのよ。緋紗子お姉さま、夕飯前だからすぐかえっていらっしゃいとママがいったのよ。ねえ、和子ちゃん」

「ええ、うちのママもそういったのよ」

「あら、そう、それじゃおひきとめもできないわね。貞子さん、なにかなくって？　ああ、そうそう、ハンカチがあったわね。あれをみなさんに一枚ずつさしあげて」

ハンカチを一枚ずつもらって、

「緋紗子お姉さん。ありがとう」

「姉ちゃん、ありがとう」

子供たちがひとりずつ頭をさげてかえっていくと、緋紗子と梶原は涙ぐんだような眼をみかわせた。

「藤田君というひとは、子供たちによほど強い印象をあたえていたんだなあ」

と、梶原がため息をつくようにつぶやいた。

「それはそうでしょうね、このうちはまるであのひとたちの遊戯場みたいになっていたんですものね」

それもああいう秘密を持っていたせいなのだと、蓉子の心中を察すると、緋紗子はいまさらのようにせぐりあげそうになってくる。

そのドスぐろい想いを払拭《ふっしょく》するように、緋紗子は強く首を左右にふると、ぼんやりそこに立っている貞子をふりかえり、

「貞子さん、そろそろおしたくをしてちょうだい。もうお客さまがいらっしゃる時分だから」

「はあ」

と、かるく頭をさげて出ていこうとする貞子のうしろから、

「今夜はあなたも出なきゃだめよ。お姉さまの一周忌なんだから」

「はあ。……」

と、ちょっとうしろをふりかえった貞子は、度の強そうな眼鏡のおくから、ジロリとふたりの顔をみくらべただけで、にこりともせず出ていった。

「変わってるね。あの娘は……」

「お姉さまとすっかりちがうわね」

緋紗子はしずんだ調子でつぶやいたが、すぐ気をかえるように、

「梶原さん、今夜はうんと騒ぎましょうよ。蓉子さんというひとはほんとうはとってもにぎやかなことの好きなひとだったんだから」

「ああ、そうしよう。緋紗ちゃん、きみそろそろ着かえてきたほうがいいぜ。もうお客さんのいらっしゃる時分だ」

「ええ、じゃ、ちょっと失礼するわ」

サロンから出ていきかけた緋紗子は、ふとうしろをふりかえると、

「梶原さん、気をつけてね。あたしなんだか……」

と、ちょっと眼をうわずらせて、さむざむとそそけだったような顔色をする。

「あっはっは、まだそんなことをいってるのかい。大丈夫だよ。今夜は金田一先生もくるっていってるんだから」

金田一耕助は昼間もきていて、黒い翼のお葬いを、終始にこにこ見物していたのである。

「そうね。あたしよっぽどどうかしてるわ」

と、不吉な思いを払いおとそうとするかのように、ぶるっとひとつ大きく身ぶるいをすると、緋紗子はにっこり梶原に微笑を送って出ていった。

七

緋紗子が着がえをおわって、ふたたびサロンへすがたをあらわしたときには、もう土屋順造と丹羽はるみのふたりがきていた。

「緋紗子ちゃん、さきほどは……」

「はるみちゃん、ご苦労さまでしたわね」

「ううん、あたしなんかなんでもないわよ。それより緋紗子ちゃん、だいぶん緊張のおももちだったじゃないの。疲れやあしなかった？」

「それはいくらかね」

さびしく笑う緋紗子の顔色は、思いなしかすぐれなかった。土屋はイブニングの胸にぶらさがっている、緋紗子のロケットに眼をとめて、

「ああ、原さん、そのロケットだね。藤田君からかたみにもらったのは。……」

「ええ、そう。あなたの御注文があったからかけてるのよ。どう、似合って？」

それにたいして土屋順造がこたえるまえに、三原達郎が到着し、それからすこしおくれて石川賢三郎が金田一耕助とつれだってやってきた。このうち、金田一耕助をのぞい

ては、みんな緑ヶ丘の住人なのである。

「やあ、さきほどは……」

「なかなか盛大でしたな。あれで黒い翼も完全に引導をわたされたわけだな」

「はるみちゃん、きみ、なかなか勇敢にやってたじゃないか。どんどんハガキを火にくべてさあ。あとが怖くないかい」

「うっふっふ、ところが三原さん、へっちゃらなのよ。だってへっちゃらなわけがあるんだもの」

「へっちゃらなわけってなんだい」

「だって、あれ、あたしんちへきたんじゃないの。ひとのもんだと思うと平気よ」

「あっはっは、そうなの。道理で勇敢にやってると思ったよ」

と、石川監督も笑っている。

はるみは隅っこのほうにひっこんでいる貞子をふりかえって、

「貞子さん、あんたもっとこっちへ出ていらっしゃいよ。そんなに借りてきたねこみたいに、隅っこへひっこんでないでさ。今夜はあんたが主役じゃないの」

と、声をかけても、

「いいえ、あたしこのほうがいいのよ」

と、度の強い眼鏡をひからせて、にこりともしない貞子のようすは、このあいだも土屋が指摘したとおり、妖婆のように薄気味悪い存在である。

「貞ちゃん、あんた助かったね」

三原もごきげんをとるようにそのほうへ声をかけた。

「助かったとは……？」

「もうハガキを真黒に塗りつぶして、固い鉛筆をにぎることもなくなったじゃないか。あっはっは」

「はあ。……」

と、貞子はにこりともしない。

どんなにやさしくしむけていっても、打ち解けようとしないこの貞子ほど、緋紗子にとってうっとうしい存在はない。緋紗子はいらいらとたかぶってくる感情をおさえかねるように立ちあがって、

「石川先生、今夜はうんと騒ぎましょうよ。あたしうんとはしゃぐから、みなさんもうんと羽目をはずしてくださらなきゃあいやよ」

「ようよう、その調子、その調子」

と、土屋順造が半畳をいれた。

「うん、それはいいが、梶さん、小泉先生は……？」

と、石川監督があたりをみまわす。

「ああ、あのひとは患者を持ってるから。……でも、八時ごろまでにはくるというあいさつでした。ねえ、貞ちゃん、さっきそういってたね」

できるだけ仲間にひっぱりこんでやろうという梶原の心づくしもむだで、貞子はこっくりうなずいただけで、あいもかわらずがんこに口をつぐんでいる。金田一耕助はさっきからこの女を興味ふかい眼でみまもっていた。

三原達郎はいまいましそうに舌打ちをして、とびあがるようにいすから立ちあがると、

「さあ、緋紗ちゃん、踊ろう。梶さん、あんたはるみちゃんと踊れ。順ちゃん、レコードたのむよ。なんでもいいからうんとにぎやかなのがいい」

こうして、その夜のフーピー騒ぎの幕はきって落とされた。

そして、約束どおり八時ごろ、小泉先生が駆けつけてきたときには、サロンのなかはむせかえるような酒のにおいとたばこの煙と、レコードの喧騒《けんそう》と、酔っぱらいの濁《だ》み声とで、沸騰するような騒ぎであった。

「やあ、やってますな」

小泉先生もなれているのでそれほどおどろきもしなかった。サロンの入口に立って金ぶち眼鏡のおくから、にこにこの情景をみているのを、土屋順造がまずみつけて、

「やあ、こ、こ、小泉先生、さ、さ、さあ、一杯、今夜はうんと飲んで、うんと騒ごうという、殊勝なるわが緋紗ちゃんの御希望でしてな。さ、さ、どうぞ」

「な、な、なによう。順ちゃん、だらしないじゃないのう。ウ、ウ、ウイスキーがだらだらこぼれてんじゃないか」

と、そういうはるみも足もとがおぼつかない。

「さ、先生、はやくいらっしゃい。さっさ、飲みましょ、踊りましょ」

「あっはっは、はるみちゃん、そうひっぱらなくても大丈夫ですよ。土屋さん、まあまあ、おいおいいただきますから」

小泉先生もこういう騒ぎがきらいじゃない。小泉先生にもむろん奥さんがあるが、その奥さんの郁子というのは、コチコチにやせこけて、味もそっけもない婦人で、ゴム人形のようにかわいく肥った小泉先生とは対蹠的《たいしょてき》である。いきおい、小泉先生はにぎやかなスターたちの集合にくわわるのが好きで、また若い女優さんやなんかに、不思議に人気があった。

こうして小泉先生もまじえて主客九人、それから一時間あまり、やけのやん八《ぱち》みたいな空っ騒ぎがつづいた。さすがの金田一耕助もすっかりもみくちゃにされ、なにがなにやらわけがわからなくなったころ、とつぜん、サロンの一角から、

「キャッ！」

という悲鳴が起こって、これが酒の香りとたばこの煙にむせかえるサロンのなかに、冷水をぶっかけたような効果をもたらした。

悲鳴のぬしは小泉先生と踊っている緋紗子であった。

そのとき梶原ははるみと踊っていたが、ぎょっとしたようにふたりのほうをふりかえった。むりやりに貞子をひっぱりだして踊っていた三原達郎も、小泉先生と緋紗子をみて、竦然《しょうぜん》としたように眼をみはる。隅のほうで酒をのんでいた石川監督と土屋順造、そ

れから金田一耕助も、思わずいすから体をのりだし、あわやとばかりこぶしをにぎった。

小泉先生と踊っていた緋紗子は、あいてのステップが妙にもつれはじめたので、おやとばかりに顔をみなおして、

「あっ、先生、どうかなさいまして？」

と、たずねたが、小泉先生は返事をしなかった。あとから思えば先生は、そのときすでに口をきく気力をうしなっていたのである。先生の額にはいっぱい汗がうかび、ひとみはもう宙につりあがっていた。

「あっ、先生！」

と、緋紗子がおびえたように声をかけたとたん、小泉先生の体がとつぜん棒のように硬直した。と、思うと全身が蛇のうねりのように、はげしく痙攣をはじめたのである。

「あれ、先生、先生、小泉先生……」

緋紗子はふるえ声で呼びながら、小泉先生の体をゆすったが、その声はもう先生の耳に入らなかったらしい。緋紗子の体につかまったまま、額にいっぱい汗をかき、きっと前方にひとみをすえて、はげしい苦悶とたたかっている小泉先生のその恐ろしい形相に、緋紗子ははっきり藤田蓉子の断末魔の面影をみいだして、思わず、

「きゃっ！」

と叫んだが、そのとたん、小泉先生は緋紗子につかまったまま、朽木を倒すようにどうと床に倒れていった。緋紗子もあやうく道連れにされそうになり、やっと先生の手を

ふりきってとびのくと、

「あれえ！」

と、恐怖の眼をみはって大きくあえいだ。

その周囲へばらばらっと、金田一耕助をはじめとして、梶原修二に丹羽はるみ、三原達郎に貞子たちが集まってきたとき、サロンの隅では、

「あっ、順ちゃん、順ちゃん、土屋君、ど、どうしたんだ！」

と、たまぎるような石川監督の声。その声に一同がふりかえると、そこにも土屋順造が、ソファから床につんのめって、断末魔の痙攣にのたうちまわっているのである。

梶原修二が緋紗子のそばへよってきて、いまにも失神しそうになっている女の体を、しっかりとうしろから抱きしめた。

サロンの一隅からは大きくひきのばされた藤田蓉子の写真が、この凄惨な二重毒殺事件を、無邪気な微笑でみまもっている。……

八

緑ヶ丘警察はいまや蜂の巣をつついたような騒ぎである。

去年の今夜もこの家で不可解な毒薬騒ぎがあった。しかも変死人は有名なスターだ。平穏無事になれた郊外の住宅街の警察は、すわとばかりに色めきたったが、さいわい、

そのときは自殺でけりがついた。

しかし、こんどはそうはいかぬだろう。一年おいておなじ日に、おなじ家で、おなじ薬で、しかも犠牲者はふたりである。

去年の捜査に手ぬかりがあったのではないか。藤田蓉子は自殺したのではなく、やはりだれかに毒を盛られたのではなかったか。そして、おなじ毒殺者が一年ののちの今日今夜、またしても凶手をふるったとしたら、警察としては大失態だと、だから今夜は橘署長がわざわざ出張して、島田捜査主任をはじめとして、部下を督励しているのである。

金田一耕助はつい最近、『毒の矢』の一件で、緑ヶ丘警察に協力したことがあるので、こんども事件解決に一役買うことを要請されている。

いま、小泉医師と土屋順造のふたつの死体は別室にはこばれて、係官の立ち合いのもと、緑ヶ丘病院の院長、佐々木先生の綿密な検視をうけているが、解剖の結果をまつまでもなく、ふたりを殺した毒物が、去年藤田蓉子を斃《たお》したとおなじ砒素系の化合物であろうことは、少しものなれた眼にはあきらかだった。

「畜生！　去年のやつがまたやりゃあがったんだ。こんどこそしっぽをふんづかまえなきゃあ……」

と、島田警部補は満月のような顔をしかめていきまいている。

「去年、簡単に自殺ときめてしまったのがいけなかったんだね」

橘署長も憮然《ぶぜん》としていた。

金田一耕助はじぶんの眼前でおこなわれた、この大胆な二重殺人事件に呆然《ぼうぜん》として、ただもじゃもじゃ頭をかきまわすばかりである。

いっぽう、この騒ぎをひきおこしたサロンには、いま重っくるしい沈黙がのしかかっている。さっきの陽気な騒ぎにくらべると、のぞきからくりの絵板一枚、カタリと落としたような変わりようである。

しいんと凍りついたような沈黙のなかから、おりおりきこえてくるのははるみのすすり泣く声だ。

「やっぱりいけなかったのよ。やっぱり黒い翼がたたったのよ。だって小泉先生がさいしょに黒い翼を破いたでしょ。それから土屋さんがそれを焼きすてて……それがいけなかったのよ。やっぱり黒い翼がふたりにたたったのよう」

はるみはヒステリーを起こしたのか、さっきからおなじことばをくりかえし、くりかえし、くどくどとならべたてている。

「はるみちゃん、いいかげんにしないかあ！」

と、アームチェアーにふんぞりかえって、さっきから苦りきっていた三原達郎が、とうとうたまりかねてどなりつけた。すると、はるみはわっとはなばなしく泣きだした。

「だれもあたしをかまってくれない。あたしはいつもひとりぼっちよ。だれだってあたしみたいな女をかまってくれない。あたしもいつか殺されるのよう」

三原はにがにがしげにこの女のおろかしい愚痴をきいていたが、腹の底から急にいじらしさがこみあげてきた。

いつもにぎやかにふざけているので気がつかなかったが、そうしてひとりで泣いているところをみると、三枚目女優の孤独がいじらしいほど身にしみる。それに三原はこの女が、しんそこは非常に親切で思いやりのある女であることを思い出した。

そこで、三原は立ってはるみのそばへ席をうつして、そっとその体を抱きよせた。

「はるみちゃん、泣くのはおよし。きみはひとりぽっちじゃないよ。おれがこうして抱いてあげる。それともおれじゃ不服なのかい？」

たくましい男の腕に抱きよせられて、はるみはちょっと体をかたくしたが、つぎの瞬間、涙と汗にぐっしょりぬれた顔を、めちゃくちゃに男の胸にこすりつけてきた。

べつの隅では梶原の腕に抱かれた緋紗子が、これまたときおり痙攣するようにすすり泣いている。そのたびに、梶原はじぶんがここにいるぞということを強調するように、強く緋紗子を抱きしめる。

監督の石川賢三郎はふかい思案にくれながら、両手をうしろに組んで、無言のまま部屋のなかをいきつもどりつしている。かがやかしい銀髪がうつくしかった。

貞子のすがたはみえなかった。

梶原は緋紗子を抱いてしずかにその背中をなでていたが、ふとその胸に眼をやって、

「おや、緋紗ちゃん、きみ、あのロケットをどうしたの？」

「ロケット……？」

と、緋紗子もじぶんの胸に眼をやって、

「あら！」

と、あたりをみまわした。

細い銀の鎖が、するどい刃物で断ち切られたようにぷっつり切れて、そのさきにぶらさげてあったロケットがなくなっている。

「ダンスをしてるとき切れたんじゃない？　さがしてあげよう」

「あれをなくすとあたし困るわ。蓉子さんのだいじなかたみですから」

ふたりは立ってロケットをさがしはじめる。

「どうしたの？」

と、石川監督も立ちどまった。

「緋紗ちゃんのロケット。ほら、藤田君のかたみにもらった……」

梶原が緋紗子の胸もとを指すと、

「どこかそこらに落ちてるのじゃない？」

みんな立ってサロンのなかをさがしはじめたが、それが見当たらないうちに、金田一耕助と橘署長が入ってきた。ふたりとも厳粛な顔をしている。一同ははっとしたように息をのみ、ロケットさがしは一時中止となった。

「金田一先生、小泉先生や土屋君は……？」

石川監督の質問に、金田一耕助は暗い顔をして首を左右にふった。予期していたとはいいながら、一同はあらためて身ぶるいをする。

橘署長は一同の顔をみまわして、

「さあ、みなさん、席へおつきになって。……それからみんなで腹蔵なく語りあおうじゃありませんか。いつまでもこんないたずら、つづけてるわけにゃいかんことは、みなさんもよくおわかりだろうから」

五人の男女がいくらか体をかたくして席につくと、橘署長はうしろのドアをしめ、それからアームチェアーにずっしりと大きな体を埋めた。

金田一耕助はピアノのそばへよって、人差指でポンポンとかるく鍵盤を押している。

橘署長はちょっとのどにからまる痰《たん》を切るような音をさせて、

「ええ……と、じつはこれはここにいらっしゃる金田一先生の御注意なんですが、まず原さんと梶原君に、去年のことからおたずねしたいんですがね」

「はあ。……」

と、緋紗子はちょっと固くなる。

「去年のどういうことでしょうか」

梶原がゆっくりと反問した。

「いや、これは金田一先生からおうかがいしたんですが、あなたがたふたりは、去年この家で亡くなられた藤田蓉子さんの臨終のみぎり、なにか重大なことをきいていらっしゃるらしいという。もし、そういうことがあったら、この際、正直にうちあけていただきたいんですがね」

「はっ、承知しました」

と、梶原が言下にこたえてうなずいたので、金田一耕助はちょっとその顔をみなおした。

「じつは……」

と、梶原もあらたまって、

「そのことについていま緋紗ちゃん、いや、原君とも話しあっていたんです。もうこうなっちゃかくしてもおれまいって。……」

「はあ、はあ、なるほど。それじゃやっぱりなにかきいていらっしゃるんですね」

と、署長はアームチェアーから、ちょっと身をのりだすようにした。

「はあ、じつはあの晩、われわれふたり、いや、小泉先生もまじえて三人は藤田君から世にも意外な、また世にも恐ろしい告白をきいたんです」

「その告白というのは……？」

「それはこうです。藤田君の死はやはり自殺は自殺だったんです。しかし単純な自殺じゃなかったんです」

「単純な自殺じゃないというと……？」

「つまり藤田君はあの晩、だれかを殺害する計画だったんです。毒を盛って……」

梶原と緋紗子をのぞく五人の男女は、思わずギクッとして梶原の顔をみなおした。緋紗子の顔は血の気をうしなって蠟《ろう》のようだ。

「だれか……とは、だれをですか」

橋署長は大きな体でいすをきしらせた。

「いや、ところが……」

と、梶原も興奮したのかハンカチで額の汗をぬぐいながら、

「それをはっきりいわなかったんです。ただ緑ケ丘の住人とだけしか。……ところが、毒を盛って殺人を決行しようという土壇場《どたんば》になって、急に罪業感に圧倒されて、じぶんでそのグラスをあおったというんです」

橋署長の視線がちらと石川監督のほうにむかって走った。藤田蓉子のあおったグラスは、石川監督の手からもぎとったのではなかったか。

石川監督はまゆをひそめて、けげんそうに梶原の顔をみまもっている。

「ふむふむ、それで……」

と、橋署長も半信半疑のおももちで、梶原とそれから緋紗子の顔をみくらべている。

「藤田蓉子さんはなんだって殺人を決行しようとしたんです」

「それはやっぱりあの当時うわさされていたように、だれかに恐喝されていたんだそうです。あたしはしぼられた。しぼられて、しぼられて、レモンのしぼりかすみたいにしぼられた。それだのにそいつはまだそれ以上しぼろうと計画している。あたしはとうとう自制心をうしなったと。……ことばはちがっているかもしれませんけれど、そういう

意味のことをいって、苦痛にのたうちまわりながらも、さめざめと泣いて。……」

と、梶原は声をうるませた。

「原さん、そのとおりですか」

「はい」

緋紗子は極度に緊張した顔を、あおじろくこわばらせてうなずいた。

「それで恐喝の原因は……？」

「いいえ、それは申しませんでした」

「恐喝者の名前も……？」

「はあ」

「しかし、梶原君、原さん」

と、橘署長は眼を細めて、非難するようにふたりの顔をみくらべながら、

「あなたがたはどうして去年、そのことをわれわれにうちあけてくれなかったんですか。そして小泉医師が死亡したいまとなって、どうしてうちあける気になったんですか」

橘署長のことばにふくまれる不信と疑惑に気がつくと、梶原はむっとしたようにまゆをあげたが、しかし、すぐ思いなおしたように、

「すみませんでした」

と、素直に頭をさげて、

「しかし、藤田君がひとを殺そうとした……それはあまりにも恐ろしい、残酷なことで

すからね。あのひとの名誉のためにも、これはしばらく秘密にしておこうと約束したんです。小泉先生が死亡されたいまとなっては、われわれふたりが、虚構の事実を申し立てているのではないかとお疑いになるのもやむをえませんが、これは絶対に真実なんです。小泉先生も患者の名誉のために賛成してくれたんです。それに……」

「あっ、ちょっと、梶原君」

と、石川監督が横からさえぎった。

「きみたちはひょっとすると、ぼくをかばってくれるつもりじゃなかったの。あのグラスはぼくが手にとりあげていたんだから。……」

「いいえ、先生！」

と、緋紗子が強い声でそれを否定した。

「とんでもございません。あたしたち……あたしと梶原さんはこう考えたのです。蓉子さんはだれかほかのひとのために毒を盛ったところが、思いがけなく先生がそれに手を出された。そこで、蓉子さんとしては絶体絶命、とうとうじぶんでそれをあおる結果になったんじゃないかしらって。……先生をお疑いするなんて、そんな、そんな……」

「石川先生、いま原君がいったとおりですよ」

と、梶原もそばからつけくわえた。

「ありがとう。梶原君も原君も……」

石川監督の声にはやさしさがあふれていた。

「おそらくいま原さんがおっしゃったのが真相でしょうね」

と、金田一耕助がつぶやいて、ポンとかるくピアノをたたいた。

「それにわれわれは恐喝者を、土屋君じゃないかと疑ったんですよ」

金田一耕助はピアノのそばから、興味ふかげな眼を梶原と緋紗子のほうにむけた。

「原さん、ちょっとおうかがいしますが、あなたはその恐喝者にたいして復讐を計画していられたんじゃないのですか。因縁つきのこの家を買いとったというのも、なんとかして恐喝者をつきとめようというわけで……」

緋紗子はあおざめて体の線をかたくしたが、梶原は金田一耕助のほうへむかってかるく頭をさげた。

「そのとおりなんです、金田一先生。ぼく、そんなことよせといったんですが、このひと、きかないんです。あんまり蓉子さんがかわいそうだといって。……石川先生、緋紗子はこれでとても気が強いですぜ。あっはっは」

橘署長はまゆをひそめて、じろじろとふたりの顔をみくらべながら、

「しかし、復讐するって、まさか今夜原さんがあの毒を……?」

「いいえ、署長さん、復讐たってあいての生命を奪うとかなんとか、そんな荒っぽいんじゃなく、恐喝者の面皮《めんぴ》をひんむいて、世間に顔むけできないようにしてやると、そういう意味なんですね。それに今夜のことなんですが……」

と、梶原はできるだけ落ち着こうとつとめながら、それでもいくらか声をふるわせて、

つぎのようなおどろくべきことばをキッパリ吐いた。

「小泉先生と土屋君……あのふたりを殺したのはこのぼくなんです」

九

「な、な、なんだって！」

橘署長がとうとう大雷を爆発させた。

一同もはげしいショックにおそわれて、梶原の顔をみつめている。金田一耕助はもじゃもじゃ頭をかきまわしながら、さぐるように梶原の顔を凝視している。

一瞬、しいんと凍りついたような沈黙ののち、

「あなた！　あなた！　そんな……そんな……」

と、緋紗子が蒼白の顔をひきつらせて大きくあえいだ。

梶原はそのほうへいたわるような微笑をむけて、

「緋紗子、なにも心配することはないんだよ。ぼくはあのふたりを殺そうと思って殺したんじゃないんだから」

「梶原君」

と、署長は真正面から梶原の顔を凝視しながら、じぶんでも意識しないうちに威儀をつくろっていた。

「それはじつに容易ならぬ発言だが、もう少し詳しく説明してもらえるだろうね」

「承知しました」

と、さすがに梶原もこわばった顔をして、

「それはこういうことなんです。緋紗子、きみは気がつかなかったようだが、あのグラス……小泉先生と土屋君がのみほしたふたつのグラスは、じつはきみとぼくにすすめられたグラスだったんだよ。と、いうことは、犯人はわれわれふたりをねらっていたということになるね」

「あなた！」

「そして、あの事件が起こる直前、われわれにグラスをくばってくれたのがだれだったか、きみもおぼえているだろうね」

「あなた！　あなた！」

緋紗子のまゆが大きくつりあがり、彼女はひしと両手を握りしめる。

はるみは三原にとりすがり、石川監督ははげしくくちびるをかみしめた。

「あのひとがどうして……？」

「誤解してるんだろうね」

梶原はかるく肩をゆすって、

「藤田君の死に、われわれふたりが責任を持っているとでも考えたのじゃないかな。もっともそれにはわれわれも多少の責任がなくはない。いま署長さんに申し上げたことを秘密にしていた。……そこになにかわりきれないものを感じて、そこからわれわれを犯人だと思いこんだのだろう。それとも土屋君がたきつけたのかもしれない。あの男はよく無責任な放言をする男だったから」

「梶原君、梶原君」

と、署長がまどろかしそうに体をのりだして、

「そして、グラスをくばったというのはいったいだれ……?」

「それは金田一先生がよく御承知でしょう」

「金田一先生」

と、かみつきそうな署長の質問にたいして、

「故人の妹……」

と、ただそれだけいって金田一耕助はかなしそうに首をふった。

「貞子!」

と、署長はいすからとびあがると、

「そういえばあの娘はどこへいったんだ」

「貞ちゃんなら、さっきあなたがたがいらっしゃる少し前、このサロンから出ていきましたが……」

と、三原達郎がこたえた。

「逃げたあ……?」

と、署長は怒号すると、ドアをひらいてそこに立っている警官に、至急貞子をさがすようにと早口に命じた。それからまたもとのいすへかえってくると、

「梶原君」

と、真正面から梶原の顔をみすえて、

「すると、きみがグラスをすりかえたというのかね」

「はあ、そうなんです」

「どうして……？　貞子のそぶりにへんなところでもあったのかね」

「いいえ、それはそうじゃなく、グラスをとりあげようとすると、なかにみじかい髪の毛がうかんでいる。それで気持ちが悪かったから……」

「あっ！」

と、金田一耕助がため息をついた。

「それが犯人の目印だったんですね。ほかのグラスと混同しないようにと。……」

「いまから考えるとそうだったんですね。しかし、そのときにはもちろんそんなこととは気がつかなかった。だけど、なにしろ気持ちが悪いものだから、土屋君のグラスとすりかえたんです。ところが緋紗ちゃんのグラスをみると、そこにも髪の毛がうかんでいる。それで、緋紗子、ぼくはなにもしらずに小泉先生のグラスとすりかえたんだ」

とつぜん緋紗子がハンカチを眼におしあてて、はげしくすすりあげて泣きだした。その気持ちはそこにいるひとびとのだれにもわかるのだ。貞子にたいして緋紗子がど

んなにやさしく、気をつかっていたかということを、みんなしっているのである。はるみもいっしょに泣きだし、三原と石川監督は暗然たる顔色だった。

そこへ警官があわただしくとびこんできた。

「署長さん、貞子のすがたはどこにもみえないんですが。……」

「よし！　至急捜索するように手配しろ！　金田一先生、ひょっとすると自殺のおそれがあるんじゃないでしょうかね」

「それはたぶんに……」

と、金田一耕助がこたえると、緋紗子とはるみがいよいよはげしく泣きだした。

警官がとびだしていくのといれちがいに、こんどは刑事が入ってきた。

「署長さん、こんなものが被害者のポケットから出てきたんですが、これ婦人のアクセサリーでしょう」

刑事が出してみせたのは、さっき一同がさがしていた緋紗子のロケットではないか。

「あっ、それがどこに……？」

と、梶原は思わずいすから腰をうかした。

「小泉という医者のポケットから出てきたんですよ」

「ああ、そう、ありがとう。それはこのひとのものなんですが、たぶんダンスの途中で鎖が切れて、小泉先生のポケットにすべりこんだのでしょう」

梶原が手を出そうとすると、刑事はあわててそれをひっこめて、

「冗談じゃありませんぜ。ダンスの途中で切れて落ちたものが、チョッキの内ポケットへすべりこんでたまるもんですか。しかも、その内ポケットにはちゃんとボタンがかかっていた。……」

「なに……チョッキの内ポケットに……？」

と、金田一耕助の眼がとつぜん大きくひろがって、するどいかぎろいをみせはじめた。

「刑事さん、ちょ、ちょっと拝見」

と、刑事の手からロケットをうけとると、

「原さん、これ、蓉子さんのかたみでしたね」

「はあ」

と、緋紗子は不思議そうな顔をして、金田一耕助とロケットをみくらべている。

「それがどうして小泉先生の……？」

金田一耕助がパチッとロケットをひらくと、なかには蓉子の写真が微笑している。

「原さん、あなたが蓉子さんからこのロケットをおもらいになったとき、なかにはだれの写真が入っていたんです？」

「はあ、あの、それは梶原さんの……」

と、緋紗子の声は消えいりそうだった。

「ただそれだけ……？」

「はあ。……」

金田一耕助はしばらくロケットの内部をみていたが、おやというふうに首をかしげて、

「どなたかナイフのようなものをお持ちじゃありませんか」

言下に橘署長がナイフを出してわたすと、金田一耕助はそこにはめこんである蓉子の写真をまず抜きとり、それからなおもなかをいじっていたが、

「原さん、原さん」

と、息をはずませて、

「あなたはこのロケットが二重底になっているのにお気づきじゃなかったですか」

「まあ！」

「金田一さん、そこになにか……？」

と、橘署長ものぞきこむ。

「ええ、署長さん、二重底のなかから、こんなかわいい赤ちゃんの写真が出てきましたよ。おや！」

と、金田一耕助はなおもロケットのなかをいじっていたが、やがて小さく折りたたんだ薄葉紙をとりだした。そして、それをていねいにひろげていたが、とつぜん、

「あっ！」

と、叫んで眼をみはったので、一同は思わずいすから腰をうかした。

「金田一先生、ど、どうかしましたか」

「署長さん」

と、そのほうをふりかえった金田一耕助の蒼白の顔には、悲壮なまでに厳粛な色がうかんでいた。

「これが藤田蓉子のギリギリまでしぼられていた理由なんですね」

ロケットのなかから出てきたのは生後三ヵ月くらいの赤ん坊の写真と、それから薄葉紙のうえにべったり捺《お》した、これこそ文字どおり、紅葉《もみじ》のようにかわいい左右の手型。

しかも、その手型のそばにはつぎのような文章が書きそえてある。

「この児を捨てるにあたって、また再会の機もあらんかと、そのおりのたよりにもと涙ながらに手型をとる」

一〇

一瞬、しいんと凍りつくような沈黙がサロンのなかを支配した。

ごく漠然とではあったが、藤田蓉子にからまる悲劇、彼女をおおうていた秘密のヴェールが、これによってようやくはぎとられようとしていることが、だれの頭脳にもなっとくがいった。

「そうだったのか」

と、石川監督がしみじみとした口調で嘆息をもらした。

「藤田君は子供をうんで、そしてその児を捨てたのか。かわいそうに!」

緋紗子とはるみがまた泣きだした。女としてこれほど大きな悲劇はないであろうことが、彼女たちにもよく理解ができるのだ。

「しかし……しかし……」

と、三原達郎が憤然とした調子で、

「それくらいのことでなにも……いや、そりゃ捨子の罪も大きいが、あんなにギリギリにまでしぼられなくとも……」

「いいえ、三原君」

と、金田一耕助がさとすような口調でいった。

「ただ、子を捨てたということだけが、恐喝者の恐喝の種になっていたんじゃないでしょうね。それだけならば恐喝者はこのロケットを盗む必要はなかったわけです」

「恐喝者がロケットを盗む……?」

鸚鵡《おうむ》がえしにくりかえして、梶原はとつぜん大きく叫んだ。

「そ、それじゃ金田一先生、蓉ちゃんをしぼっていたのはあの小泉……?」

「梶原君、そのことについては、われわれにもだいたい当たりがついていたんですよ」

と、橘署長が憮然《ぶぜん》とした調子でいった。

「あの野郎!」

と、三原がくやしそうに歯をくいしばった。

「ねこなで声をしやあがって!」

ああ、そうだったのかと梶原は緋紗子と暗然たる顔をみあわせた。

それゆえにこそ蓉子は死の間際にいたるまで、恐喝者の名がハッキリいえなかったのだ。現にじぶんの殺そうとした恐喝者が、断末魔のまくらもとにはべっていたのだ。それに気がついてやれなかったおのれの迂闊《うかつ》さに、梶原はいいようもない憤りを感じずにはいられなかった。

「ああ、それじゃひょっとすると蓉ちゃんは、小泉の手で子供をうんだのじゃ……」

と、石川監督がつぶやいた。

金田一耕助はうなずいて、

「おそらくそうだったのだろうと思います。しかし、終戦直後のあの混乱した時代ですから、藤田君はその子供をそだてかねた。そこで涙をのんで子供を捨てたが、その後スターとしてめきめきと頭角をあらわしてきた。そこへ小泉がやってきた。そして、藤田君をしぼりはじめたんですね」

「藤田君は捨て子をしたことを白状したんでしょうか」

と、三原達郎はまだくやしそうである。

「いや、白状したというよりも、白状させられたんじゃないでしょうか。小泉のほうから嬰児殺しかなんかほのめかされると、捨て子の事実を告白せずにはいられなかったのじゃあないか。それでなければ恐喝者は、さっきもいったとおり、このロケットを盗む必要はないでしょう。恐喝者はここに蓉子さんの捨てた子の手型、すなわち指紋があることをしっていた。その指紋を必要としたということは、その子がどこかに生きており、その子の保護者からまたしぼれると思ったからじゃないか。……」

「あの野郎！」

と、また三原達郎がこぶしを握りしめた。

「恐喝者がしぼれると思ったということは、捨て子の保護者が裕福にくらしているということを、意味しているのじゃありませんか。もし藤田君の捨てた子が、裕福で善良な家庭にひろわれて、ゆたかに幸福に育っているとすれば、その子のほんとうの素姓を暴露したくないというのが、母親としての慈悲ではないか。なぜといってその子の父親は前科者で、しかも獄中で病死しているのだから」

「金田一先生、ひょっとするとその子は、この緑ヶ丘にいるんじゃないか。……」

橘署長がつぶやいたとたん、梶原ははっとしたように緋紗子と顔をみあわせた。

さっき蓉子の霊前へ花束をそなえにきた一群の少年少女。……そのなかでもいちばん年かさの恭子という、隣家の春日弁護士のお嬢さんは、そういえばどこか蓉子に似ているではないか。

「署長さん」

と、金田一耕助は厳粛な顔をして、

「それからみなさんも」

と、一同の顔をみわたし、

「このことはもうそれ以上詮索《せんさく》しないことにしましょう。それでないと藤田君の苦心が水の泡になる。それではあんまりいたましい。……」

一同もそれに同意し、緋紗子ははげしく嗚咽《おえつ》した。

いまこそ彼女ははっきりしった。蓉子はじぶんの娘のやしなわれている家の隣に地所をみつけ家を建てたのだ。そして、ときおりのその子との接触をもって、はかない母性愛を満足させていたのだろう。そして、そこを恐喝者によって恐喝されていたのだろう。

しかし、緋紗子はそのことをだれにもいうまいとかたく心にちかった。

そこへあわただしく刑事が入ってきて、

「金田一先生、金田一先生!」

と、興奮したおももちで、

「やっぱりあなたのおっしゃったとおりでしたよ。貞子の持ち物をしらべていたら、ほら、こんなものが出てきましたよ」

刑事がひろげてみせたノートには、さんざん書いては消し、消しては書いたある文章の草稿がのこっている。そして、それこそ黒い翼の最初の原稿だと気がついたとき、一同は思わず唖然《あぜん》として眼をみはった。

金田一耕助はにこにこしながら、

「あっはっは、やっぱりありましたか。だいたい、そうじゃないかと目星はつけていたのですが……」

「金田一先生、これはどういう……？」

と、石川監督はきつねにつままれたような顔色である。

「いやあ、石川先生、わたしがなぜまた緑ヶ丘へ顔を出したとお思いですか。黒い翼の発祥地がどうやら緑ヶ丘らしいというので、その調査にやってきたんですよ。しかも、この家へ眼をつけたというのはこういうわけです。地方の、全然東京方面と縁もゆかりもない人物の多くに、東京から黒い翼がまいこむんですね。それも決して著名でもなんでもない若い男女に。……ところが、それらの男女を調査したところが、ただひとつ共通した点があった。かれらはいずれも亡くなった藤田蓉子さんのファンで、蓉子さんあてにファンレターを出したことがあるひとたちなんですね。そこで黒い翼の最初の発案者は、藤田蓉子さんの身辺のものじゃないかと考えられたわけです」

と、石川監督はまだ腑《ふ》に落ちない。

「しかし、貞子はなんだってそんなことを……？」

「あの娘は梶原君や原君が抱いている秘密……それは蓉子さんの名誉を考えたうえの好意ある秘密だったんだが、あの娘はあの娘流に曲解していた。あるいはさっき梶原君もいったとおり、土屋君がけしかけたのかもしれない。そこで梶原君や原さんを脅迫してみて、その反応をためしてみようとしたんでしょう。しかし、それかといってあの娘自身、直接、原さんや梶原君に脅迫状を書くことはできなかった。なぜって筆跡をしられていますからね。そこで、こんな途方もない、迂遠な手段を思いついたんでしょう。あの娘はいつか土屋君もいったとおり、たしかにイカれてたところがあったんでしょうね」

金田一耕助のそのことばもおわらぬうちに、またべつの刑事がとびこんできた。

「署長さん、署長さん、いけません！　貞子はとびこみましたよ」

「とびこんだって？」

「はっ、崖のうえから電車めがけて……むろん即死です」

一同はギョッと顔をみあわせたが、でも結局それでよかったのだと思わずにはいられなかった。たとえ姉の復讐とはいえ、ふたりの男を殺しているのだし、それにどのような誠意も通じないような性質の娘は、とてもこの世に生きていけそうにない。

「でも、結局、イカれたあの娘が姉の復讐をやってのけたんですね。道づれになった土屋君は気の毒だが……」

署長があわただしく出ていったあと、石川監督が暗い顔をして、このいまわしい事件に結論をつけるようにつぶやいた。

解　説

中島河太郎

著者が博文館に入社されたのは大正十五年であった。はじめ「新青年」の編集に従事し、「文芸倶楽部」に移り、最後は「探偵小説」を任された。

「探偵小説」は海外作品の翻訳と実話読物を主にした雑誌だったが、著者は長篇の一挙掲載を心掛けた。そのなかにメースンの「矢の家」がある。これはまがまがしい密告状が横行して、疑心暗鬼と猜疑心《さいぎしん》をそそりたてる物語だが、本篇の発想にも幾分かその影を落としているかもしれない。

「毒の矢」の原型は昭和三十一年一月号の「オール読物」に発表された。そのとき百十五枚だったものを、改稿して三倍近くにされたのが本稿である。

黄金の矢と署名した人物の密告状から幕を開けるが、こういう警察には持ち込みにくい難問の相談をもちかけるには、まさに金田一耕助はうってつけであった。しかも彼はここ、世田谷区緑ヶ丘に事務所を設け、たちまち近隣の人たちから親愛の情を寄せられ、信望を博するに至った。秘事に触れた不吉な文書を受け取ったものが、相談したくなるような人柄が、また金田一の身上《しんしょう》でもあった。

このおぞましい手紙の筆者は、同じ相手に何回も繰り返し送っているばかりか、同様のものを方々に書き送っているらしい。金品を用意せよという、脅迫がましいことが記されているにもかかわらず、どうやらその方には目もくれぬらしい。そうするとまるで「毒矢のように、他人の古傷の古傷をあばき、他人の家庭の平和を破壊するのが目的」だとすると、ますます犯人の邪悪な意図を警戒しなければならなくなる。金田一ならずとも、このまがまがしい妖雲《ようウん》の重苦しさを憂慮せざるを得なくなるのである。

緑ヶ丘は戦前、東京都内でも富裕人種の住宅街として知られていたが、戦後は住人もあらかた入れ替ってしまった。それだけにめいめいの生活も人柄も皆目見当がつかなくなった。そのためこういう密告状の内容が、果して真実なのか、中傷なのか、一概に予断を許さないし、隠微な事柄だけに訊くことを憚《はばか》らねばならぬような性質で、さすがの金田一も時機の熟するのを待つほかはなかった。

だが、この卑劣な書状が単なる家庭の破壊者として、跋扈《ばっこ》しているうちはまだよかったが、一週間後には血なまぐさい殺人事件を惹《ひ》き起こすに至ったのである。

アメリカ帰りの陽気な未亡人が、黄金の矢の狙いの的になっているのだが、彼女の素性《すじょう》は明らかでない。彼女は密告状に悩まされている緑ヶ丘の住人に代って、その正体をあばいて復讐《ふくしゅう》し、同時にみんなをアッといわせようという趣向で、パーティーを開く。その会合で彼女自身が血祭りにあげられたのだ。

しかもその殺害の方法が、麻酔薬を嗅《か》がして咽喉《いんこう》をしめて殺し、それから矢を突き刺すという念の入ったものである。彼女の背中には十三枚のトランプのカードの刺青《いれずみ》が施されていて、そのうちハートのクイーンの上に、矢が突っ立っていた。

　この異様な死体状況の謎を解く鍵が、鋭敏な少女によって与えられたというのも、この事件の特異な点であった。身体障害児の被害者の養女は、殺された刺青女が自分の母親とは思いもよらぬだけに、冷静に些《さ》細《さい》な点まで見のがしていなかった。それが犯人の巧緻《こうち》な計画の裏をかく結果になったのだから皮肉である。

　だが、この鋭敏な観察眼の持主だけに、怖《こわ》くなった犯人は、少女の口を封じておこうと、絞殺の挙に出たものの、発見が速くて未遂に終わった。この不幸中の幸いをみんなが知って愁眉《しゅうび》を開いたあと、事件は急転直下、解決して、金田一の委曲《いきょく》を尽くした絵解きに堪能させられるのだ。

「黒い翼」は「毒の矢」に引き続いて執筆され、昭和三十一年二月号の「小説春秋」に掲載された。

「毒の矢」事件の解決は、それに悩まされていた緑ヶ丘の住人を安堵《あんど》させた。「この緑ヶ丘の住人で金田一耕助先生をしらなきゃもぐりでさあ。緑ヶ丘の恩人じゃありませんか」といわれるほど、名声とみにあがったのである。

　その折り恩恵を蒙《こうむ》った映画監督が、金田一が遊びに寄ったのを幸い、新たにこの地区の住人となった人気女優の引っ越し祝いの会に紹介かたがた引っ張って来られた。そこへ持ちこまれたのが、幸運の手紙ならぬ黒い翼であった。

幸運の手紙なら、戦後流行して世を騒がせたことがあるから、まだ記憶しておられる読者もあるかと思うが、このほうは葉書を出さぬと、恐ろしい秘密が暴露し、ひいては流血の惨事の起こることを予言して、一段と不吉な凶相を濃くして、たちが悪い。前の「毒の矢」が個人的な秘密を嗅ぎつけて脅迫するのとは少し趣きを異にしていて、文面が画一的だから圧迫感は薄らぐものの、そのまま捨て置きにくい不安を醸成するにはやはり効果的であった。

世間一般はともかくとして、もっとも被害を蒙《こうむ》ったのは有名人であり、殊《こと》に芸能界の人気者は被害甚大だった。緑ヶ丘へ新たに転入した人気女優のサロンでも、この黒い翼が話題になるのを避けられなかったのは当然であったろう。

ここへ集まったのは監督、俳優、マネージャーなどの映画関係者だが、一年ほど前にこの家で女優が不可解な死を遂げたときも顔を揃《そろ》えていた連中である。しかも死者の妹、そのとき立ち会った医者までいて、金田一を除いてはみな事件に繋《つな》がっていた。

死んだ女優の一周忌の追悼会についての打ち合わせを兼ねた集まりでもあり、殊《こと》に金田一が出席しているので、一年前の事件についての論議がむし返されたのは当然かもしれない。はじめは自他殺をきめかねたのだが、一転して自殺と決着した。生前、清純女優として知られていた彼女も、どうやら恐喝《きょうかつ》されるだけの暗い秘密を背負うていたらしい。

一周忌の供養が、みんなを悩ましている黒い翼の葉書を焼却する行事に発展し、こぞってマスコミの関心と支援を得て、盛況裡《り》に終わったあとの女優邸でのパーティーの席上、凶事が勃発《ぼっぱつ》した。災厄《さいやく》を追放するどころか、逆に招き寄せたような皮肉な結果となったのである。

「毒の矢」事件で緑ヶ丘の警察に協力した金田一は、橘署長、島田捜査主任、佐々木医師らとも顔馴染《なじみ》だし、解決のため一肌ぬいでくれるよう要請された。そうでなくても彼の眼前で行なわれた二重殺人事件の解決に、猛然と闘志をかきたてられずにはいなかったのだ。

改めて死んだ女優の臨終の告白が披露《ひろう》され、彼女の譲《ゆず》ったロケットに隠された秘密を発見したことから、金田一の推理は冴《さ》えて、一挙に両事件の真相に肉薄する。

「本陣殺人事件」以下の岡山物が、封建制下に培《つちか》われた観念と習俗に織りなされた人間の思考に導かれた錯誤であったとするなら、「毒の矢」「黒い翼」ひいては「白と黒」に見られる匿名《とくめい》の通信文は、個人の陰湿で加虐趣味にとらわれた変質者の凶行であった。だが後者の術策は必ず策に溺《おぼ》れて、そのさかしらが金田一のために墓穴を掘る結果となっている。

これら緑ヶ丘の警察との協力は、「悪魔の降誕祭」「女の決闘」などにも見られる。金田一の愛すべき人柄は捜査側にも、犯人の側にもしこりを残さない。陰湿な惨劇を扱いながら、後味がいいのはひとえにこの探偵の存在があずかって大きい。

本書は、昭和五十一年九月に小社より刊行した文庫を改版したものです。なお本文中には、くず屋、下男、もらい児、私生児といった語句のほか、同性愛に関する記述に、けがらわしい、変態性淫婦、悪癖、悪習など、今日の人権擁護の見地に照らして不適切な表現があります。しかしながら、作品全体として差別を助長する意図はなく、執筆当時の時代背景や社会世相、また著者が故人であることを考慮の上、原文のままとしました。

（編集部）

毒《どく》の矢《や》

横溝正史《よこみぞせいし》

昭和51年 9月10日 初版発行
令和4年 4月25日 改版初版発行

発行者●堀内大示

発行●株式会社KADOKAWA
〒102-8177 東京都千代田区富士見2-13-3
電話 0570-002-301(ナビダイヤル)

角川文庫 23153

印刷所●株式会社暁印刷
製本所●本間製本株式会社

表紙画●和田三造

●お問い合わせ
https://www.kadokawa.co.jp/ (「お問い合わせ」へお進みください)
※内容によっては、お答えできない場合があります。
※サポートは日本国内のみとさせていただきます。
※Japanese text only

ISBN 978-4-04-112603-5 C0193

◇◇◇

角川文庫発刊に際して

角川源義

第二次世界大戦の敗北は、軍事力の敗北であった以上に、私たちの若い文化力の敗退であった。私たちの文化が戦争に対して如何に無力であり、単なるあだ花に過ぎなかったかを、私たちは身を以て体験し痛感した。西洋近代文化の摂取にとって、明治以後八十年の歳月は決して短かすぎたとは言えない。にもかかわらず、近代文化の伝統を確立し、自由な批判と柔軟な良識に富む文化層として自らを形成することに私たちは失敗して来た。そしてこれは、各層への文化の普及滲透を任務とする出版人の責任でもあった。

一九四五年以来、私たちは再び振出しに戻り、第一歩から踏み出すことを余儀なくされた。これは大きな不幸ではあるが、反面、これまでの混沌・未熟・歪曲の中にあった我が国の文化に秩序と確たる基礎を齎らすためには絶好の機会でもある。角川書店は、このような祖国の文化的危機にあたり、微力をも顧みず再建の礎石たるべき抱負と決意とをもって出発したが、ここに創立以来の念願を果すべく角川文庫を発刊する。これまで刊行されたあらゆる全集叢書文庫類の長所と短所とを検討し、古今東西の不朽の典籍を、良心的編集のもとに、廉価に、そして書架にふさわしい美本として、多くのひとびとに提供しようとする。しかし私たちは徒らに百科全書的な知識のジレッタントを作ることを目的とせず、あくまで祖国の文化に秩序と再建への道を示し、この文庫を角川書店の栄ある事業として、今後永久に継続発展せしめ、学芸と教養との殿堂として大成せんことを期したい。多くの読書子の愛情ある忠言と支持とによって、この希望と抱負とを完遂せしめられんことを願う。

一九四九年五月三日

角川文庫ベストセラー

金田一耕助ファイル11
首
横溝正史

金田一耕助ファイル12
悪魔の手毬唄
横溝正史

金田一耕助ファイル13
三つ首塔
横溝正史

金田一耕助ファイル14
七つの仮面
横溝正史

金田一耕助ファイル15
悪魔の寵児
横溝正史

滝の途中に突き出た獄門岩にちょこんと載せられた生首。まさに三百年前の事件を真似たかのような凄惨な村人殺害の真相を探る金田一耕助に挑戦するように、また岩の上に生首が……事件の裏の真実とは？

岡山と兵庫の県境、四方を山に囲まれた鬼首村。この地に昔から伝わる手毬唄が、次々と奇怪な事件を引き起こす。数え唄の歌詞通りに人が死ぬのだ！　現場に残される不思議な暗号の意味は？

華やかな還暦祝いの席が三重殺人現場に変わった！　宮本音禰に課せられた謎の男との結婚を条件とした遺産相続。そのことが巻き起こす事件の裏には……本格推理とメロドラマの融合を試みた傑作！

あたしが聖女？　娼婦になり下がり、殺人犯の烙印を押されたこのあたしが。でも聖女と呼ばれるにふさわしい時期もあった。上級生りん子に迫られて結んだ忌わしい関係が一生を狂わせたのだ――。

胸をはだけ乳房をむき出し折り重なって発見された男女。既に女は息たえ白い肌には無気味な死斑が……情死を暗示する奇妙な挨拶状を遺して死んだ美しい人妻。これは不倫の恋の清算なのか？